了解和爱，终将成就一切！

动物教我的爱和疗愈的事

（美）斯蒂芬妮·玛隆 著　于娟娟 译

你以为　你照料了它 的 身体
其实　是它照料了你 的　心　灵

华夏出版社
HUAXIA PUBLISHING HOUSE

向夏洛特、奇迹和加百列
致以无尽的爱和最深的谢意。

目 录

推荐序1　生命与生命的交谈　张　越／001
推荐序2　学会与动物相处　蒋子丹／007
推荐序3　照亮人类心灵的镜子　荠　萍／013

译者寄语／017

第1课　飞　马／018

动物教我的事／放弃控制

缰绳,是控制,却不是沟通。

人类之所以总是试图控制,原因在于恐惧和痛苦,或者更确切地说,在于想要逃避恐惧和痛苦的感觉。

第 2 课　我们当中的奇迹 / 040
动物教我的事 / 不要主观评判

人类会根据动物的行为有多么接近于人类的行为,来评判动物们的智力。对于自己不理解的行为,我们经常是直接贴上愚蠢的标签,而不是努力去理解这些行动中的智慧。

第 3 课　加百列大天使 / 067
动物教我的事 / 忘掉过去、忘掉恐惧

面对自己的阴影,才能从内心深处的恐惧和痛苦中解脱出来。

忘掉过去,才能付出完整的爱和信任,也才能赢得完整的爱和信任。

第 4 课　鹿 / 083
动物教我的事 / 信任

信任,是一种能力,是一种直觉。

只有和我们最信任的人在一起的时候,我们才能完完全全成为我们自己。

第 5 课　第一次飞翔 / 98
动物教我的事 / 尊重一切众生

鸡,要作为一只鸡生活下去,同样需要自己的空间。

人类与大自然与生俱来的联系,人类何时才能重新看清?

第 6 课　归属感 / 114

　　动物教我的事 / 走向自由的勇气

　　步入未知的未来,是一种非常勇敢的行为。可能有风险,可能受伤,但只有这样才能获得自由和归属感。

第 7 课　爱的奉献 / 128

　　动物教我的事 / 倾听

　　植物不会对一个封闭的心灵说话,动物也同样不会。
　　学会倾听,无论是来自何处的启示,它会带给你爱的光明。

第 8 课　永恒的连接 / 153

　　动物教我的事 / 这不是关于你的事

　　你心爱的动物们渐渐离开,可这并不是关于你的悲伤、你的损失、你的不幸,而是关于那即将去到彼岸的他。它即将完成生命的自然周期,能见证这一过程是一份荣誉、一个祝福、一项恩典。

第 9 课　履行承诺 / 174

　　动物教我的事 / 适应变化

　　动物都知道如何基于现实而非幻想建立起深刻而持久的关系,明智地逐步接受他人,这可不正是自尊自爱的光辉典范吗?

第10课 保护区 / 195

动物教我的事 / 每一刻都是保护区

动物使者们的教导,向我展现了保护区真正的意义:一个能够感觉安全的地方,一个可以完全做回自己自在生活的地方,一个独立却又充满帮助的地方,一个能够平静地生活和死去的地方,一个在心灵和精神层次上彼此密切联系的地方,一个对所有的生命都表现出爱、尊敬和重视的地方。

你可以通过12件事情来帮助动物使者们 / 210

致　谢 / 212

生命与生命的交谈

推荐序一 ◎ 张越

这本书讲的是美国心理治疗师斯蒂芬妮·玛隆和动物之间的故事。那我就先讲讲我和动物之间的故事。

三年前的深秋，我下班回家，在小区院里碰到一只黄色流浪狗，流浪狗一见我就跟上来，我快它快，我慢它慢，我停它停，寸步不离，邻居们都笑说："一看就是个破柴狗，瘦巴巴脏呵呵的，一准儿没人要，这不就赖上你了。"大家为了掩护我，拿吃的去逗它，想把它引走，可它不为所动继续死跟着我。这可让我有点儿紧张，我从没养过狗，也决不打算给自己找这种麻烦，跟到单元门口我闪身进门，然后强行用玻璃门把它推了出去……上电梯……回家……扒着窗口往下一看，那黄狗就趴在我家单元门口不走了,这一趴就是几天几夜。后来邻居跟我说,那狗总是流眼泪,脸上的毛都湿了……

我怕了它,怕得不敢从大门进出,每天都钻地下车库。有个好心的邻居可怜它,把它带到我家单元门口的一个墙角处,放了一碗水,一碗饭,找块木板一挡,姑且就算个窝,它也就趴在里面,不出一声……慢慢地,我不再怕,下班早的话,就顺手把木板挪开,它就从里面跑出来,溜溜达达转一会儿,自己还回去。家里有剩饭我也送下去,它总是吃得很香。由于它从不出声,我怀疑这狗是个哑巴,院里的老太太就逗它:"可怜的,你是让谁家给丢了呀?你是个小丢丢吧?"后来全院儿的人都认识它管它叫"丢丢"。它依然爱流泪,院里很多人都看见过,以至于我好奇地去问一个心理学家"狗真的能流泪吗?"心理学家说:"当然,狗也会得抑郁症,抑郁症的狗就会流泪。"

沉默的丢丢在墙角一待就是大半年,第二年的夏天,听一个保安说明天警察要来这院儿查狗,"丢丢"肯定要被抓走的,我心里咯噔一下,我知道这样被抓走的流浪狗是什么下场,想到一条小命来到世间只经历两件事:受罪、惨死……我觉得无法忍受,我把丢丢带回家让它躲过这一劫。

丢丢在我家住了三天,公平地说它很老实,绝不打扰我,可我还是不想要它:我不能按时遛狗,我不会训练它定点大小便,我不知道该怎么让它明白我说的话,我觉得它脏,又不知怎么清洗它……简而言之,我没有耐心,也的确没有精力照顾一条狗,再说,家人也不接受,我还是得送它走。

辗转找到一个好心人办的小收容所,在远郊,收容了一些被遗弃的有伤有病的流浪动物,那里已经狗满为患,可主人还是咬咬牙答应接收,我心里如释重负。

　　临走的前一天晚上,丢丢像是预感到什么,它整宿不睡,绕着我的床来回走,甚至前爪趴着床沿儿直立起来,长时间地看着我,我假装睡着一动不动,可心里越来越难过。第二天一早,我把它抱上车,它就开始哆嗦,车到怀柔将近两小时它就哆嗦了两小时。到了收容所,我把它放到狗圈里,扭头就走,到门口一回头,丢丢在铁栏杆后一动不动,身体僵直,满眼呆滞地望着我,依然一声不吭……这一次我哭了。但,能把一个麻烦脱手我依然觉得轻松。

　　半个多月后,收容所给我打电话:"从你走后,那个狗就不吃不喝,怎么哄都不行,我们实在带不了它,你过来看一下吧,它恐怕是不行了。"我挂上电话就奔了怀柔,抱起那浑身肿胀的苦命倔狗去了医院。医生说它病得很重,要做一个大手术,能不能活下来不知道,而且一定会有后遗症。我对医生说:"尽力救吧,花多少钱落什么残疾都认了。"然后,我郑重地对丢丢说:"努力活下去!只要你能活下去我保证带你回家,决不抛弃你。"

　　十八天后,我带着病愈的丢丢回家,车开到院子门口,丢丢突然直起身子一声长啸……原来它不是哑巴,走进家门,它环顾四周,发出一声叹息,是那种从身体很深很深的地方发出的长叹,然后,颓然倒地,睡着了,好像经过很久很久的跋涉,终于轻松了,从下午睡到夜晚,任凭所有人在它身边走来走去,大声说话,做饭吃饭,它都一动不动,睡得像死了一样。

自那天至今,两年过去了,丢丢有了家有了家人,有了户口和身份证,它很健康、清洁,它依然安静,总是不出声,但已不再流泪。现在它的外号叫"胖丢丢"。

我也学会了很多:学着接受生活的变化,学着有耐心处理各种琐碎,学着按时按点遛狗,生活有规律,学着不仅仅高喊"爱心"而是为了心中一点儿善意负起非常具体的责任,最关键的是,它让我学着付出,不要回报的付出,然后回报都悄悄来了。

我不介意它多病残疾,它的身体却越来越好。

我不介意它长得好看难看,邻居们却都说它却越来越漂亮。

我不介意它出身低微没有品种,它却越来越有教养。

我不介意它性格孤僻,它却越来越活泼开朗。

我不训练它做任何取悦于主人的把戏,它反而越来越懂规矩。

我不用任何人类喜欢闻动物都不喜欢的香精香波给它洗澡,它却越来越光亮清洁从无异味儿。

我不要求它看家护院保护主人,它却会主动拦在任何一只向我扑过来的大狗前面,小小身体,昂然挺立,它甚至不准任何人向我大声说话。

我一直觉得我与它之间进行着生命与生命的交谈,尽管我们从不用语言。

我认识一个人,她热情地领回家一只小狗,两个小时又把狗退回去,原因是"它对我不好,跟我一点儿都不亲",我真想说:"你还没付出爱,就想得到爱,对狗如此,对人对事也不过如此了吧?"很多很多的人,就是这样生活着,他们有很多热情很多理念,但不愿做具体的事情,不愿看卑微的生命,不愿意不求回报地给予,这是多么空洞的人生!

在我们的国度里,在一个没有"动物保护法""反虐待动物法"的地方,动物的故事几乎都是悲惨的故事,它们被强迫大量繁殖,被不负责任地任意买卖,被随便抛弃,被驱赶、打骂、虐杀……珍稀野生动物黑熊,被囚禁剖腹活取胆汁卖钱,海中霸王鲨鱼被剁掉翅膀投进大海血染碧水,猫狗禽鸟未经检疫端上餐桌,供根本不缺食物的男人胡吃海喝,小貂血肉模糊被活着剥皮为并不寒冷的女人提供一件皮草……人们说:"那又怎样?人的事儿还管不过来呢,谁有工夫管动物?"

真是这样吗?动物的事儿跟人的事儿没有关系吗?那为什么严重暴力犯罪的罪犯大多有虐待动物的历史呢?心理学家会告诉你,一个对动物心狠手辣的人,也会对人心狠手辣。公共卫生专家会告诉你,吃猫吃狗早晚会吃出大祸,因为它们自古不是人类的食物,所以从未经过食物检疫。经济学家可以告诉你,活剥动物毛皮,活熊取胆在全世界造成了怎样的抵制,带来了多大的贸易损失。社会学家会告诉你,漠视生命会怎样地毒化人心,毒害社会……

我们蔑视动物的权利,只高扬人类的解放,我们并不知道在这个世界上第一个为解放黑奴奔走呼号的人,与第一个为保护动物奔走呼号的是同一个人;第一个废除黑奴买卖的国家吗,与第一个立法保护动物、第一个成立动物救助民间组织的国家都是英国,而这两件事是同一群人做的。

懂得爱的人会爱全世界,不懂爱的人会挑挑拣拣地爱,而骨子里不过是自我满足和控制欲。懂得尊重生命的人会尊重一切生命,不懂尊重生命的人连自尊都谈不上。懂得学习的人能从书本里学,从生活中学,也能从动物身上学,不懂学习的人,永远自我中心自我傲慢自我陶醉。

我们需要学习的东西还很多,学习吧,就从这本书开始。

推荐序二 ◎ 蒋子丹
学会与动物相处

那年深秋,我的朋友乌云在青海的寺庙中生了重病,为了救她性命,活佛旺堆决定赶在大雪封山之前送她出山,以致一行人在风雪中迷了路。凡是在青藏高原旅行过的人,谁都知道在山野中迷路意味着什么。正当旺堆活佛也为迷路皱起眉头的时候,一个如同神话的奇迹出现了。有只母狼带着她的两个孩子,从远处的树林里跑向他们,同行的喇嘛告诉乌云,藏传佛教认为狼是一种懂得护法的灵性动物,它们是特意赶来为人们领路的。当时,活佛让大家都下了马,沿着狼的脚印整整走了五六个小时的路程,那三只狼带着他们左转右转,直到一队人马全都上了出山的大路,才掉转身子按来路原道返回。旺堆活佛朝着狼归去的方向,正冠肃立,拈珠合十,口念六字箴言,目送它们小小的影子消失在风雪里。

病愈之后,乌云在博客里记录过这次奇遇,引来网友一片质疑,大部分人认为这完全是文学虚构。所以乌云只要说起这件事,总得声明所有细节都是她的亲历,千真万确。

乌云的奇遇的确超出了现代人特别是城市人的想象,对这种超验经历,最容易被人诟病的原因,是当事人的见闻和描述很难从科学的立场出发。在现代人的辞典里,"科学"跟"真理"差不多是同义词,不从科学的立场出发,就意味着你的叙述有太多的主观性,只代表你个人的偏好,常常被人判断为虚拟虚构,甚至于痴人说梦。尤其是当这一切涉及动物时,我们的生活方式、文化训练、意识形态、宗教传统中的某些因素,会妨碍我们去相信这些传闻。

首先,都市生活早已把我们和大自然分隔开来,难有乌云这类亲身经历;其二,多年的科学普及教育,使我们习惯于把至今无法用科学道理解释的超验存在,统统称为迷信加以排斥;其三,自启蒙运动以来,人是万物之灵长、自然界之冠冕、宇宙之中心的人类中心思想深入人心,让我们很难心甘情愿地承认,自己在哪方面不如某种动物,这涉及到人不可冒犯的尊严;其四,西方文化中犹太—基督教传统的深刻影响,已远远超出了教派范畴,在大多数现代人的意识和替意识中,《圣经》确立的动物地位,是神造的低等生物,属于人的资源,几乎不容置疑。

让我们来听听科学家的声音,会知道即使是完全出自科研目的的考察，也不能否定动物特殊的灵性，相反还提供了质疑人类中心主义自大狂的依据。

美国斯坦福大学教授芭芭拉·斯马茨，曾长时间生活在非洲中部的丛林里，这位著名生物行为专家，对她的研究对象狒狒，有着非同寻常的评价。她把狒狒们当成可信赖的向导，因为是它们引导她一次次躲过有毒的蛇类、性情暴躁的野牛和危险的野猪洞。"狒狒们在这方面具有比人类高超得多的知识，我行动起来就像一个谦卑的门徒，从大师们那里学会如何当一个非洲类人猿……"芭芭拉说。很显然，是动物们在野生环境下超强的生存能力，使身临其境的人放下了高高端起来的架子。"我与它们相处时头等重要的事，是要把它们视为与我们同一类型的社会性存在，而不是科学调查对象。"芭芭拉还说。

过去的一万年里，人类几乎无时无刻不在致力于摆脱自然环境对自己的支配，以成为自然界的主人。或许应该承认，我们已经成功地以人类选择代替了自然选择，左右了自然界物种的繁衍。例如，按照自己的需要驯化动物植物，对有益于自己的物种进行掠夺，对有害于自己的物种予以消灭。人类的主流行为几乎从来不曾为动物做什么考虑，也从来不想了解动物的感受和表达。在这个层面上说，人类成功的形式有太多的疑点可供追究。

所幸随着对自然界负面影响的反省，现代人正逐渐认识到，人类为了最大份额占有资源，正在毁灭地球生物多样性，并直到威胁到自身的生存环境。人与动物的关系因此越来越受到重视。研究动物的情感和思想,正成为生物学、人类学、动物行为学的重要课题。

　　蚂蚁是地球上最微小最容易被轻视的动物之一,可是,蚂蚁研究专家的观察表明,蚂蚁与人类的社会组织和生活方式惊人一致。美国生物学家刘易斯·托马斯这样描述蚂蚁:蚂蚁的确太像人了。它们培植真菌,喂养蚜虫做家畜,把军队投入战争,动用化学喷剂来惊扰和迷惑敌人,捕捉奴隶,织巢蚁属使用童工,抱着幼体像梭子往返蹿动,纺出线来把树叶缝合在一起,供它们的真菌园使用。它们不停地交换信息。它们什么都干,就差看电视了。

　　印度的生物科学家还有更令人震惊的发现,蜜蜂的蜂巢里似乎还存在民主选举的痕迹。当一代蜂皇死去,蜜蜂们会一致推选出新的蜂皇。人们奇怪的是,新的蜂皇在当选之前,其外表和地位跟别的普通蜜蜂并无区别,但几乎蜂巢中所有的蜜蜂在"民选"之前,都已经知道谁是它们中间的新权威。新蜂皇一经选出,就开始过上万蜂之上的寄生生活,直到身体迅速膨胀,比普通蜜蜂大出许多倍。科学家们运用了各种高科技仪器,观察和记录蜜蜂们的活动和声音,想要知晓蜜蜂的民主选举如何进行,终因无法破译它们的语言而告失败。

　　被我们视若微尘的蚂蚁尚有如此全面的能力,蜜蜂甚至建立了伦理和民主的文明秩序……以至我们根本无法估计,动物界还有多少不曾被破译的秘密,还有多少不曾被记录的历史,还有多少不曾被关注的遭际,不为人类所知。我们完全没有道理因为不明了动物的行为意义,就武断地下一个结论说,认为它们没有感情没有言语没有思想,故尔只能从属于人类。

动物界诸如此类的秘密,极大激发了生物学家的好奇心。据悉,已经有人预测,出于人类与动物和谐相处的需要,五十年之后,会出现解读动物感情与思想的探测仪器,可以捕捉包括海洋动物在内的动物情感,以及瞬间即逝、不大清晰的思想,将其放大后传输给我们,实现人类与动物之间的情感沟通。这个令人怦然心动的展望,看起来离奇古怪甚至荒诞不经,却代表着人类对动物最大的善意,而人对动物的善意恰恰萌生于对动物的关注。也就是说,人把动物置于完全被忽略的位置时,肯定不会去考虑动物在想什么,它们的行为表达了什么意思。只有当你对它们有了感情,才会产生了解它们的意图,满足它们的愿望和欲求,用心喂养过动物的人都会有这样的体会。

动物与人类的沟通,本非无稽之谈,在许多国家,特别是较为偏远地方的原住民中间,借助动物通灵的现象屡见不鲜。假如科学仪器能够将动物的语言破译,等于动物们终于能使用语言与人类沟通,显然有助于人类彻底改变把动物当成物品和财产的意识,从根本上认同它们作为生命主体的地位。人们就不能再像现在这样随心所欲对待它们,就像不能再用纳粹法西斯灭绝种族的办法来对待人类,不会吃它们的肉,穿它们的皮,为了获取的它们的牙齿、胆汁、生殖器而射杀它们。

可是眼下,我们只能用人的语言描述动物的行为,只能用人的思维推测动物的意识,这里边至到底有多少盲区和误解还很难断定。对此持怀疑态度的人们认为,用人的逻辑去解释动物世界的一切,无非是人类中心主义的想象。刘易斯·托马斯曾在他的《细胞生命的礼赞》一书中,批评过这种想象:"现代人的麻烦,是他一直在试图使自己同自然相分离。他高高地坐在一堆聚合物、玻璃和钢铁的绝顶上,晃悠着两腿,遥看这行星上翻滚扭动的生命。……人早就在杜撰一种存在,他认为这种存在使自己高于其他生命。几千年来,人就这么脑汁绞尽,用心独专地想象着。"在我看来,这种尴尬的局面,一方面表现着人类的自大,另一方面也说明,人类在自然界并非无所不能无事不通,动物给出的谜语把人难倒,正好提醒了我们,人的能力仍然有限仍然不足。

只有等我们准确无误地与动物实现彼此间的精神与信息交流了,才可能真正把它们当作邻居和朋友。这本由斯蒂芬妮·玛隆撰写的《动物教我的爱和疗愈的事》,记录了马、羊、鹿、驴、鸡等等,这些并非名贵稀有的动物们令人惊叹的行为,以及她与动物们相处进而相知的故事,描写之细腻,言辞之亲切,表达了她对动物最平等的态度和最诚恳的善良。她说:世界上每一种生命,自然的每一个角落,都是你的邻居。对你的邻居和你自己,始终抱有爱……无论你身在何处,无论你正在做什么事,都能够创立起你的保护区。

我相信,只要不曾怀揣人类中心主义的偏见,每一个看过这本书的人,都会认同她的想法。而这种认同的取得对于中文译者于娟娟来说,是一件功德无量的好事情。

照亮人类心灵的镜子

推荐序三 ◎ 莽萍

动物,是照亮我们心灵的一面镜子。如何对待动物,可以清楚地观照人如何为人。印哲甘地说,一个民族有多伟大,端看其如何对待动物。他者、动物,不惟令我们反省,有时候,亦是培育尊重和信任的良师。本书中的动物在作者斯蒂芬妮·玛隆看来就是如此。

玛隆对待动物,无论人身边的,还是野生的,都不想居高临下,更不想用控制的办法来相处。相反,她和动物之间发展出一种合作关系,充满尊重和信任。动物聪明有个性,人却常常愚蠢而自以为是。故事的有趣也在这里。

人控制动物,几乎被认为是文明的开始。不过,即使到今天,仍然有许多动物不受人的控制和驯化,而被称作野生动物,一种阿拉伯大羚羊就是如此。所以圣经里约伯说:"大羚羊岂肯服事你,岂肯住在你的槽旁。你岂能用套绳将大羚羊笼在犁沟之间。牠岂肯随你耙山谷之地。"大羚羊就是野生动物。牠就是拒绝人对牠的控制。牠始终就是自由的生灵。这一点,居住在那里的以色列人和阿拉伯人都清楚。所以他们不会去做驯服大羚羊的事情。在我们这里,也有一种说法,狼始终是狼,虽然牠的许多近亲都已经驯化为狗,但狼就是野性的生灵。然而,人欲膨胀,马戏团驯兽者都要"人定胜天"、驯兽为我所用。其结果必然是无度地欺压残害野性动物,当然也包括狼。

在今天中国的大地上,大量的野生动物在驯兽者的暴力控制下成为表演奴隶。狼、老虎、狮子、黑熊和猴子们,被关在窄小笼中,受尽摧残,成为人们娱乐的对象。人控制动物、奴役动物的欲望在马戏团里呈现的最为充分。几乎所有违反动物天性的事情都要在马戏团里发生!驯兽者往往把人类在数千年中没有能驯化的野生动物当做展示其技艺的对象,强要动物做出牠们在自然界不可能做出的动作来取乐。有让狼钻火圈者、虎豹作揖者、大象倒立者……其野蛮之象无法言说。我们当然都知道,野生动物即使学会这么做,牠们也不会通过遗传把这些被迫习得的技能传给下一代。这意味着,每一个表演动物都要忍受暴力控制和极大痛苦来重新适应扭曲其天性的生活。这也是为什么世界上已经有数百个城市全面禁止动物表演。这是放弃控制的第一步。

家养动物,即使已经被人类驯化上万年,许多动物也仍然保有自己的特性和脾性。牛、马、驴、羊和鸡、鸭、鹅,猫狗等更不用说,每一个都会有自己的个性。仔细观察,你会发现,牠们当然都不愿意被人控制。这样说,并不是说家养动物不愿意与人合作,恰相反,这些动物通过人类不断培育,已经发展出一些亲近人的基因特征。如果你愿意像玛隆一样尊重动物,你就可以和动物建立起信任与合作的关系。这种关系,对于两者,显然要愉快得多。她说:"你可以通过恐惧和暴力使动物迅速屈服,但是,如果你有幸看到一匹马(或者狗,或者任何动物)在与人合作而非处于人类统治下是一种什么模样,你肯定再也不愿意回到以前那种控制的方式。"

玛隆是一位实践者。她和女牛仔克莉丝汀一起,努力与她的小白马——飞马建立友好的人—马关系,而不是使用各种器具和强力方式控制飞马。有意思的倒是,克莉丝汀这位女牛仔当了一辈子骑手,自从发现可用同伴的方式来对待马,就为自己以前毫无异议地接受常规驯马方式而感到内疚。为什么内疚呢?所谓常规驯马,当然就是靠缰绳、鞭子、马刺、甚至穿鼻烙印等强力控制手段达成的。那是一种充满暴力的方式。所以女牛仔克莉丝汀对此羞愧不已。2010年,当美国牛仔竞技公司试图向中国输入牛仔竞技赛事时,说马和小牛喜欢缰绳和套索,说马刺刺马不疼、只是挠痒痒,牛马甚至喜欢铁索勒颈等控制,是多么大的谎言!玛隆说:"真正使我流泪的是,短马鞭上似乎含有黑暗的能量,几百年来,人们一直在使用这种东西为马匹带来疼痛。"为了娱乐赚钱,如今不是更有甚者吗。

所以,玛隆这本书的出版可说适逢其时。她相信,人与动物之间,可以通过爱建立起合作的桥梁。我也相信。玛隆说,放弃控制,让信任与爱的花朵渐渐开放,学会敞开我们的心,付出无条件的爱,人的心灵会获得更多滋养。这是最基础的一课。

我想,这一课,也会让每一位读者受益。

译者寄语

◎ 于娟娟

也许我们终究无法彻底理解动物们的想法，但不同的生命之间始终存在着共通的部分，毕竟我们都生活在同一个地球上，同一片天空下，呼吸着同样的空气，每天迎接同样的日出，我们一起分享很多很多的东西。

真正的众生平等，需要的是从心底尽可能地尊重和认同所有的生命，在平凡的点点滴滴中，展出出无边大爱。

人与人之间，也能从人与动物之间的关系中获得启发。友善、尊重、理解，才是和谐的基础。

1 / 飞马

来我家的第一位客人,是一匹小母马。那天早晨,我一边洗碗一边对着厨房窗外出神,这时,一匹小母马突然跃进我的视野,她只有普通马的一半大小,全身纯白,有着长长的鬃毛和尾巴,看上去就像传说中的独角兽,只缺了一只角。我惊讶地看着她,而她甩了甩头,迈着轻巧的步子跑开了。我忍不住揉了揉眼睛,刚才这里真的有一匹小马出现过?

我跑到外面,刚好看见她小步跑到大门口,庄园里养的两匹成年马正待在那儿,看见她后,就伸长脖子朝她看去,眼睛瞪得大大的。小白马与灰色阉马碰了碰鼻子。阉马旁边的栗色母马立即探头在小家伙的头上咬了一口。白马叫了一声,跳开一点,但并没有真的生气。她全身上下都洋溢着自由的快乐。

我走上前去,她也向我走过来,嗅了嗅我伸出的手,凝视着我,令人心动的白色长睫毛,围绕着那双乌黑闪亮的大眼睛。她的头顶刚刚到我的胸口高。后来我才知道,这是一匹袖珍马,和矮种马属于不同的品种。小马跟我打了招呼后,欢快地跳跃着跑开了。她又回到大门口,再次和阉马碰了碰鼻子,巧妙地一低头躲开了母马的攻击。一匹野生沙漠驴,我们管他叫加百列,他犹犹豫豫地走近,想看看这一阵喧闹是怎么回事。在牧群的等级制度中,他处于底层(母马则处于顶层),也就是说,他可不敢闯进别人的地盘,所以他有点畏缩不前,但眼睛却紧紧盯着新来的小马。

我看着白色的小母马甩了甩头,神气活现地在他们面前腾跃着。她的动作像舞蹈演员一样轻盈,仿佛感觉不到身体的重量,那个动作在马术界称为"受衔姿势",只有贵族血统的马才做得到,看起来震撼极了。当马匹做出这种姿态时,看起来就像是飘浮在空中,马蹄几乎没有接触地面,显得全神贯注、极为优雅。

这匹小马是怎么跑到这个庄园里来的?庄园的八英亩土地周围都有栅栏围起来。但我并没有多想这份奇妙的礼物是从何而来,而是赶紧去倒了一桶水供她饮用。

那天下午,一个十几岁的女孩过来找马,原来这匹马是在几家庄园之外挣断了拴马绳跑出来的。小母马抬头看了看那个女孩,但没什么反应,她只是在丰盛的牧草里重新低下头,继续美美地啃着青草。我们站在那儿看着她吃草,心里想着她怎么会在这里停下来。我们觉得肯定是有人在路上碰到她,又看见我车道大门的牌子上写着请人们进来后关闭大门,以免马匹被放跑到庄园上,于是自然而然地以为她属于这个庄园。在如今这个时代,索诺玛郡乡村的生活却仍是老式农场的风貌,如果路过的人看到牛、马、绵羊、山羊或猪到处乱跑,他们会自动负起责任,把动物赶到安全的地方。

肯定是她挣脱了缰绳,才意外获得自由。可是,她身上完全没有标记,无法判断她的主人是谁或者是哪里蓄养的——我一直坚持认为,这是一匹仙马,她只属于她自己。至于另一部分记忆:那个女孩把一根绳子拴到小母马脖子上,带她离开,这些悲伤的回忆总是被我刻意模糊掉。现在,我感觉自己已经和这匹马建立起深切的联系,我真无法相信,自己当时居然就让那个女孩把她带走了,完全没想想别的办法,甚至明知道她又会被拴到马桩上,没有同伴,我仍然什么也没做。马是群居动物,如果它们被迫离开马群单独生活,就会在孤独中憔悴下去。这些我都知道,而且我也一直深深地爱着动物们,但是当时我的心也只能敞开那么一点点,理智仍然能够说服我不要听从心里的感情。"养一匹马会给你带来不少责任,你会被束缚住,"理智告诉我,"你已经有一只猫了,那就够你关心了。别人的动物,最好就只是欣赏一下吧。"于是我眼见着小白马被别人带走。

我没想到还能再次见到她。几个星期后的一天早上,

飞马是保护区的第一个动物,因为她,才有了"动物使者保护区"。

Molly Munro 摄

乡村,那之后很长一段时间,我一直没怎么安顿下来。我曾经在很多城市生活过,住在旧金山的时间最长,有十七年吧,然后有一天,我突然觉得,住在楼房里,每天听着头顶上的脚步声,这种生活我是再也无法忍受了。幸运的是,一位朋友的母亲在旧金山市北部的索诺玛郡正好有一座空房子,位于俄罗斯河边的偏远丘陵上,这片土地上遍布葡萄园和酒庄。

我本来打算在那儿住一个月,写完手头那部小说。作为一个用来写作的僻静隐居之处,那座房子是再完美不过了——安静、与世隔绝、连绵起伏的丘陵美景、视野中几乎看不到人烟。我搬进去的第二天,来了一只野猫。他饥肠辘辘、骨瘦如柴,蜷缩起来的样子看起来虚弱不堪。我的童年是在俄亥俄州和宾夕法尼亚州的乡村度过的,许多猫和狗伴随着我长大,我对动物的感情热烈而深切,成年以后又爱上了旅行,不太愿意被责任束缚了。但是面对一只需要帮助的动物,我仍然无法拒绝。整整三天,那只猫一直睡在我床上。又过了更长时间,他才慢慢恢复起来,最终完全恢复健康。一年后,那只曾经的野猫,现在的名字叫做精灵,和我一起搬到现在这个八英亩的庄园中,也就是我遇到飞马的地方。

这个庄园里需要我照料的两匹马,都是训练有素的老马。也幸好是这样,因为我可没有多少养马的经验。他们老老实实地套着笼头,无论是修马蹄还是各种治疗,都不会使他们焦躁;在草场上放牧,只要把他们自己留在那里就可以了。而驴子更是一种很好饲养的动物,加百列也不需要多少照料,刚开始时,一切都很顺利。可是飞马来了以后,我所有经验不足的地方都暴露出来。

我让她自由自在地奔跑,如果我对她完全没什么要求的话,这样也不错。可是后来,她不肯被缰绳拴住,只要我拿着缰绳稍微走近她,她就会立即跑远。我无可奈何,不知道该怎么办。要是一位熟练的女骑士,两秒钟之内就能解决这个问题,但我可没这个本事。不过,我有一种天生的能够与动物沟通的能力,我相信,人与动物之间,可以通过爱建立起合作的桥梁。我确信,我们可以做得到,当她甩着头跑开,说什么也不肯乖乖就范时,理智告诉我,这不是她的错误,而是我自己的失败。

没有什么能比一个牧场更像试验场了。在这种地方,你的不足之处完全无可遁形。而且,因为我独自一人生活,我不得不亲自负起所有的责任。我甚至开始因为焦虑而感到胃里翻腾。我开始担心,我对她做的事情会不会全部都是错误的,我的无知会不会使她受到某种心理伤害,虽然,我做过的事情,也就只是拿着缰绳追着她跑。

一天晚上,我出去想把她带回马厩,因为第二天早上我要离开一个星期,我希望自己不在的时候,她不要在庄园里到处乱跑。因为我还只是个新手,我一直等到晚上很晚。一个有经验的养马人可用不着等到天黑,更不会等到晚上十点,而是让马群养成习惯,在晚饭前后就回到马厩。可我从来就是个讨厌计划时间的人,那时候我还不知道,如果有个惯例的时间,让动物做什么事情就要容易得多。我一直在避免因为缰绳的问题与飞马产生冲突,于是我也一直希望她能自己回来睡觉。有时候,她也确实会自己回来,但这次却一直没见到她。我到外面去找她的时候,一场暴风雨已经开始了。风往往会使马更加狂野。如果是牧场老手的话,刚刚看到风暴的一点点迹象,就会立即把马赶回马厩。

但我这才刚刚出门,在黑暗的雨夜里走过牧场,喊着她的名字,虽然这是我给她起的名字,可是谁知道她能不能听懂呢。风声掩盖了我的声音,也许她完全听不到,而且,就算她听见了,也不太可能会愿意过来——在暴风雨的夜晚,自由的生活仿佛更加吸引力十足。后来,我终于看到她幽灵般的白色身影,就在离房子不远的一块地势较低的地方,那时候我已经全身湿透。我向她走过去,风雨劈头盖脸地打下来。她扭头朝我看过来,眼神充满了野性,甚至白眼球都有点充血。我试着想把缰绳系上,她转身扬起马蹄,踢中了我的大腿,然后跑进黑暗中消失了。我想她并不是真的冲着我来的,又转又踢只是因为她拼命想逃走。我泪流满面,并不是因为很痛,虽然也确实很痛(那一大块淤青好几个星期都没有消失,一直在提醒我,无知会带来什么样的后果),我的眼泪更多的是出于一种令人难以承受的挫败感。我究竟在做什么?我完全不了解马。我照料她的时候,很可能把所有的事情都做错了。这算什么拯救呢?——以前是缰绳的束缚,现在是一个根本不知道自己在做什么的家伙,有什么区别呢?

我站在漆黑一片的野地里，在狂风暴雨中流着眼泪。突然，飞马不知什么时候回来了，轻轻碰着我的手臂。我抚摸着她的脖子，流着泪向她道歉，因为她不得不忍受缺乏经验的我。她再次碰了碰我，我意识到，她是在邀请我把缰绳系上。她耐心地站在那里等我系好缰绳，然后温顺地让我把她带到另几匹马那里。很明显，飞马是安慰我，她会甘愿抑制住自己的野性来安慰我。这匹小马是多么心胸宽广啊，我觉得自己对她几乎产生了一种尊敬的感觉。

生活就是这么巧妙，那个晚上之后没过多久，有一位跟马打交道的女士联系我，希望我为她做一些编辑工作。那位名叫克莉丝汀的女士，她对待马的方式，也正符合我的信念（虽然我缺乏经验，却一直保持一种信念）。她并不把重点放在怎样使用各种工具上（缰绳和套索），或者如何训练马匹服从人类的命令，而是着重于马和人之间的关系，通过不使用马具一起步行来建立起这种关系。这就是所谓的自由培养或自由训练。我们一致同意，就用彼此的专业技能来交换。

克莉丝汀当了一辈子骑手，自从发现可以用这种同伴方式来对待马之后，就为自己以前毫无异议地接受常规训马方式而感到内疚。但作为一位务实的女牛仔，她不会浪费时间为既成事实哀叹，而是致力于怎样在新的同伴方式中做得更好，怎样通过这种方式发展出新的人与马的关系。

克莉丝汀给我上的第一堂课中，我和飞马肩并肩走在牧场上，飞马不停地把头转向我，想和我交流、触碰我、贴近我。我们继续向前走,像马一样,看向前面,但也随时注意对方有没有走出视野的范围,配合着彼此的步伐。飞马会时不时地把头靠近过来,我不得不一直轻轻把她推开点。当我们走了计划好的一段时间后,克莉丝汀让我停下来给她点奖励。一开始奖励一根胡萝卜或者一个苹果,但我发现,当我触摸她时,飞马充满了热情,所以从那之后,我给她的奖励就变成了拥抱、轻拍、抚摸。

克莉丝汀观察了一会儿我们在一起的样子,然后告诉我,她看得出来,我们之间存在着一种异常紧密的联系,但这种关系是由飞马主导的。用不着专家来告诉我,我自己也知道,我会自个儿围着飞马珍珠般的马蹄团团转。虽然有些人可能会认为,一匹马会有这样的表现,肯定是因为它心里有什么深层的目的,但克莉丝汀认为,这仅仅是因为,为了牧群的安全,必须有谁站出来负起责任,而在我们的关系中,因为我并没有起到主导作用,飞马不得不填补这块责任的空白。(在庄园的牧群中,栗色母马是领头者,但为了我自己的安全,我应该成为所有动物的领头者。)飞马并没有什么要成为主导者的想法或者企图。这可不是什么权力斗争。这只是一种自然而然的事情:必须得有人主导。我了解到,之所以我会使飞马有一种我不是主导者的感觉,主要是因为,我会走在她的前面,或者在她的头部旁边,而不是与她肩并肩走或稍后一些。在马的世界中,领头者并不会走在前面,这与人类相反。领头者要做的是选择行动的方向,从后面推动其他成员前进。这就是关于马的"101问"中的一条。

还有另一件事,让我表现出自己不是主导者,我允许飞马把我从正站着的位置推开。牧群里没有哪匹马,能把领头的母马从她站着的地方推开。(更没有哪匹马会去踢领头的母马,哪怕只是不小心!)当时,恰好发生了一个塑料桶意外事件,克莉丝汀把这作为示范来说明这种情况。我和飞马正肩并肩地在障碍训练场上练习同伴步行。设置障碍也是为了让训练比较有趣,因为只是在牧场上走来走去,我们都开始觉得无聊了。我用农场里各种各样的东西设置成障碍训练场,一辆生锈的独轮车、一个工具箱、一个大木箱、一个空的塑料油漆桶,我们在这一大堆丰富多样的物品中间绕来绕去。突然,一阵风刮起了围绕着马厩一侧的防水篷布,发出嚓啦啦的响声,飞马受到了惊吓。她转身飞跑起来,冲向塑料桶,把它踏得粉碎。

"如果你不是主导者,你就有可能成为那个塑料桶。"克莉丝汀解释说,马即使在受惊的时候,也绝不会侵入领头母马的空间。它们可能会惊恐地转身奔跑,但如果前面是领头的母马挡住了路,它们会自然而然地改变方向绕开她。一般来说,人类的身体要比马小得多,为了保证自己的安全,尤其需要确立自己的主导地位。即使只是飞马这样大小的马,这一点同样也很重要,克莉丝汀继续说,因为,如果她被篷布吓坏了,受惊逃跑时可能会冲向我,而不是塑料桶,她可能真的会使我受伤。我看着飞马,这会儿她正在高高兴兴地嚼着青草,我真庆幸,在学习怎样与马相处的时候,我面对的是这样一匹袖珍马。我又想到一位朋友,专门与种马打交道,现在,我对他真的刮目相看。

在一次行走课程中,克莉丝汀递给我一根短马鞭,一端带有皮绳圈可握。我第一眼看去,就讨厌这个像鞭子一样的东西。她向我保证,我只会把这东西用作一条尾巴。因为在马的语言中,尾巴是一个重要的组成部分,而我没有尾巴,所以我需要一些工具来帮助沟通。我和飞马又一次在牧场上走了一圈,握着短马鞭的手垂在身体一侧,鞭头那一端朝向我身后。当她注意力分散时,我就用我的"尾巴"轻轻抽一下她的侧腹,领头母马在别的马磨磨蹭蹭或者走错方向时,正是这么做的。我只试了几次,就停下来不愿继续走了。克莉丝汀问我怎么了,我一时间无法回答,因为我正拼命忍住不要哭出来。

"我没办法用这个东西。"我终于开口,最后泪水终于还是夺眶而出。我把短马鞭丢在草地上,避得远远的,不愿意站在那东西附近。飞马本来可以趁此机会溜开去吃草,但她却走了过来,温柔地碰碰我,就像那天我在雨夜中哭泣的时候那样。

我是怎么了?首先,短马鞭是以皮革制成的,我的衣服和缰绳之类的工具都完全不用皮革,而是改用尼龙或草绳来代替。在动物们周围,我不想使用任何以另一种动物的皮肤制成的东西——这会给它们带来什么样的感觉?而真正使我流泪的是,短马鞭上似乎含有黑暗的能量,几百年来,人们一直在使用这种东西为马匹带来疼痛。小马是多么天真

"真正使我流泪的是,短马鞭上似乎含有黑暗的能量,几百年来,人们一直在使用这种东西为马匹带来疼痛。"

作者摄

纯洁，我不忍心走在这样珍贵的宝物旁边，却用那东西抽她。即使这并不会对她造成伤害，可我仍然感觉那像是一种暴行。我知道我决不会再这样做的。

当我把自己的想法告诉克莉丝汀时，她就事论事，冷静地说："好吧，我们来试试别的东西。"

我很感激她能够接受我这种想法，这种一点儿也够不上女牛仔资格的行为。我想，我们正在彻底改变成为女牛仔的意义。

后来，我用一束蒲苇草来代替短马鞭。蒲苇草握在手里感觉很轻松，而且羽毛状的花穗也更像马尾巴。但这个我也没有用多长时间。不管我有尾巴还是没尾巴，飞马都能够明白我的意思，而我实在不喜欢用任何东西打她。我想，我能以一种更深刻的方式与她沟通。事实证明，我的想法没错。我们已经开始发展出一种心灵感应的关系，而蒲苇草只会使我们后退到更原始更粗糙的沟通方式。

虽然只上了一课，飞马就把主导权交给了我，那之后很容易就能给她套上缰绳，但我们继续跟着克莉丝汀上课。因为我清楚地意识到，以前缰绳的难题，从根本上来说属于沟通问题。只要我能学会她的语言，哪怕只是一丁点，问题就会自己消失。我的直觉是正确的。对动物强加控制并不能带来和谐融洽。还有另一种更好的方式。

动物教我的事
/ 放弃控制 /

从十二年前开始,我就通过飞马来学习怎样与马相处,直到今天,她仍然每天陪伴着我学会更多。和她在一起,我学会了在信任和主导之间,怎样达到平衡。像许多动物爱好者一样,我一直不愿意把自己的愿望强加于我照料的动物。我怎么能擅自决定他们该做什么?如果是一只猫,或者一只小型犬,也许你确实不必一定要让它们听话。这样的话,也许猫会跳到桌子上,狗在你喊他的名字时不会马上过来。但这些也没什么大不了的,因为并不至于影响到安全。但在牧场中,很多大型动物都可能有意无意地伤害你,这种情况下,你必须坚定地掌握主导地位。

与动物相处时,我了解到,强迫进行控制和巧妙做出引导是完全不同的,这样,我才能愿意站在主导的位置上,愿意负起主导的责任。和飞马在一起,我发现真正巧妙的主导,是通过合作与协调来实现的。随着时间流逝,我与自己照料的所有动物,都加深了这样的关系。

可悲的是,通过合作与协调来主导的概念,在马术界仍然十分罕见。许多养马人说到他们的马,就只会想到如何制定规则、怎样进行控制。最近,我与一位朋友在森林小径上散步时,看到一个女人骑着马朝我们走过来。那匹马显然十分痛苦,眼睛睁得大大的,嘶鸣着,左跳右扭,想要摆脱紧紧勒住它的东西。骑手拼命地要控制住它。和我们擦肩而过时,骑手的短马鞭正抽打在马的脖子上。我一直痛恨人们残忍地对待动物,看到这种事总会使我极为愤怒。如果是在前几年,在动物们打开我的心之前,我很可能朝着那个女人大喊大叫,愤怒地指责她这是在虐待马。我义愤填膺的时候,往往看不到自己的做法有点讽刺——那个人粗暴地对待动物,而我粗暴地对待那个人。就像那个人的心对于动物是封闭的,我的心对于那个人也是封闭的。因为我极为讨厌虐待动物,对于这样做的人,我完全不会抱有一丁点关心。我会觉得这样的人完全不值得尊重。

但在森林小径上的那一天,我的想法变得不一样了。骑手经过我们身边时,我带着对母马的爱,真诚地祈祷她的状况能够有所改变。我也真诚地对骑手抱有爱,因为我知道她是一个需要改变的人。我的这种本能反应要归功于动物。我完全领会了它们教给我的事,那就是无条件的爱。

骑手刚走过我们,就把马停了下来,然后强拉硬拽着让马掉头,还拼命让马老实待在原地。

我慢慢走过去,问她我能不能和这匹马打个招呼。她点点头。我伸出一只手摸了摸那匹母马。母马现在过于激动,不太适合交流,我可以感觉到她正变得越来越烦躁,几近要发疯了。

我镇静地开始与那个女人交谈。我们谈了一会儿后,她告诉我,她对那匹母马感到很无奈,母马只想待在马厩和牧群中,经常会拒绝女主人的命令。女骑手努力强迫那匹马背向小径站住,她坚决要等这匹马驯服、放松下来才准它掉头回家。可是,如果骑马的人本身充满了怒气,她的坐骑承受着这一切,完全没可能放松下来。

我发现,情况越来越糟,骑手仍然十分愤怒,想要夺回控制权,而马则变得越来越烦躁。

"你不介意我提个问题吧?在骑马这方面,你的最终目标是什么呢?"我问道,尽可能保持声音平静,完全不带有批评的语气。

她毫不迟疑地回答说:"我要赢,赢过这匹马。"

这就是问题所在,我想。但我只是对她说:"你不觉得,合作能为你们之间的关系打下更好的基础吗?"

看起来女骑手听进去了一点,当我建议她先下马,让母马冷静下来,告诉她这样做也许能改善这种状况时,她听从了我的话。我能够想象,如果马背上的骑手唯一的目的就是想要赢过这匹马,而完全没有考虑过怎样做对马比较好,这该有多么可怕,愤怒的能量通过马鞍、马镫和缰绳传达给马,会令她多么痛苦,而一匹马完全没办法摆脱这些,除非她把骑手甩下马。这匹马要么是很在乎她的主人,不愿意这样做,要么就是过去已经因此受过严厉的惩罚。

当那个女人翻身下马时,我看到母马的身体完全放松了。她立即平静下来。过了一会儿,女骑手就让马回马厩了。

那个女人离开之前,我对她说,谢谢她愿意听我的意见。我真的很感谢她能够这样心胸开阔。她并不认识我,但她仍然愿意听我说话,而且还是在这种明显的窘迫状况中。我想,她之所以愿意听我说下去,是因为我是带着关怀和同情接近她的,而不是想要教导她或者训斥她。我以一种真挚的态度对待她,她也能够感受到这一点,如果我心里充满愤怒,却假装同情,那我的行为就不会有什么用。我希望她不要再鞭打马匹,不要把那些愤怒的能量传递给马,但如果我生气地大声呵斥她,或者伪装友好,或者努力控制自己的情绪索性疏远她,这对她起不到任何作用,对那匹马也没什么好处。我希望能够帮她与马合作。

在一定程度上,我成功了,但我一直都在想着那个女人和她的马,想了一整天、很多天。我一直在想,我本可以说些什么,本应该说些什么,就能帮助她看到与马相处的另一种方式。

我希望自己对她说了这样一番话:与其他人或者其他动物的关系中,你的目的就只有为了赢过对方的话,那么你们之间的关系还能维系吗?这样一种目的,往往只是想要控制其他人或动物,而不是为他们考虑怎样对他们最好。如果我们知道,某个人的目标就只是想要赢过我们,那我们对于彼此之间的关系,还会有什么好的感受呢?一方赢了,也就意味着另一方输了。只有双赢的方式,才能使一种关系持续下去、不断发展。我们可以把这种"双赢"简单地定义为,找到一种美好的合作方式。合作与和谐,而不是控制,才是动力和目标。

我觉得,人类之所以总是试图控制,原因在于恐惧和痛苦,或者更确切地说,在于想要逃避恐惧和痛苦的感觉。对于森林小径上的骑手来说,也许她自己也不知道,她有多么害

在这个保护区里,合作和沟通代替了缰绳和马鞭。

作者摄

怕,自己努力去控制这个庞然大物,最后却完全失败。愤怒往往会掩盖恐惧。但想要控制其他人、其他动物,只会使我们感觉更糟糕,因为这样做会使我们的心更加封闭。如果想要敞开心怀,我们就必须放弃控制的想法,不要控制其他人、其他动物,以及我们周围的环境。如果我们能够这样做,我们就朝无条件的爱迈出了第一步,朝和谐关系的最终目标迈出了第一步。如果我们能够无条件地付出爱,一切都会变得更好。

但无条件的爱并不意味着,对于我们之间的关系,我们完全不要求。我希望飞马能够接受缰绳,这样我就可以保证她的安全和健康。但我不希望以强迫的方式实现这一目标。我学习她的语言,慢慢引导她与我合作,我的目标明确,完全出自我对她的爱和开放的心。如果我因为她表现得不驯服就生气,这只会使我们陷入一种恶性循环,使我们的心关闭起来,进一步带来长年累月的问题(森林小径上的女人和她的马,就处于这样一种负面循环中)。同时,如果我只是站在牧场上哭鼻子,放弃努力,不去建立起合作的关系,这同样也会阻碍我们之间的关系。

发展出一种合作关系需要丰富的创造力。有一次,我去新西兰一个动物保护区访问,主管带我参观时,我惊讶地发现我们身边围满了各种各样的动物,狗、猫、鸡、小羊,甚至兔子。我问她,她是怎么让狗不去追其他动物的。"因为我让它们发现,我所做的事情要有趣得多。"她告诉我。

相对于强迫控制,发展出一种合作关系需要更多的时间,但这会带来巨大的回报,不断增长的回报。你可以通过恐惧和暴力使动物迅速屈服,但是,如果你有幸看到一匹马(或者狗,或者任何动物)在与人合作而非处于人类统治下是一种什么模样,你肯定再也不愿意回到以前那种控制的方式。(在森林小径上遇到那名女骑手后,我也无法想象自己再像以往那样,看到别人虐待动物就对其怒语相斥。)

放弃控制,让信任与爱的花朵渐渐开放。学会敞开我们的心,付出无条件的爱,这就是最基础的一课。无条件的爱意味着,我们不会只在其他人、其他动物做了我们希望的事情时,才付出我们的爱。无条件的爱意味着,我们会考虑到怎样做对双方都好,然后一起努力。要进入无条件的爱的境界,我们需要放弃控制的想法,专注于我们之间的联系和沟通。很快,在我们面前,将绽放出信任与爱的花朵。

2 我们当中的奇迹

时间一天一天过去,我和飞马一起继续成长。我能感觉到,我们之间存在着一种联系,即使我与她中间远远隔着辽阔的牧场,仍然能够感觉得到这种联系。飞马和那匹野生沙漠驴加百列也变得极为亲密。虽然飞马也很喜欢别的马,但她往往整天都与加百到待在一起。飞马来到这个牧场半年之后,其他几匹马都搬到别的地方去了,但她和加百列看上去似乎也没有太伤心。那些马的主人,大概也看出来他们两个是很要好的朋友,就为飞马留下了加百列。于是,他们成为这个八英亩牧场上仅有的两只蹄类动物,他们经常一起撒着欢儿、甩着蹄子到处跑来跑去,能够在辽阔的草场上尽情奔跑,为他们带来了无尽的快乐。

我们在牧场上度过了一段安宁的日子,后来,发生了一件影响深远的事,对很多方面都产生了影响。我离开了两个星期,这一次是去探望家人。在我回来之前,飞马生病了。兽医只要看看她走路的样子,就知道肯定出了问题,她患上了蹄叶炎。在马的世界里,这个词是个恐怖的字眼。袖珍马和矮种马尤其容易患上这种病。虽然"蹄叶炎"和"马足板层炎"这两个术语往往混在一起使用,实际上,马足板层炎是马蹄中称为板层的组织结构发生炎症的急性期,而当马足板层炎变成慢性、连马蹄的结构也受到影响时,就变成了蹄叶炎,有时候甚至会发展到马匹无法行走、只能卧下的程度。蹄叶炎只要发作一次,就很容易复发。因为行走时马蹄十分疼痛,马儿只能挪动着僵硬的腿一跛一跛地走动。在我眼前,飞马就是这样子慢慢地走着。一般来说,丰盛的春草可能会引发蹄叶炎,也就是说,原因往往是饲料过多和营养过于丰富。为什么丰盛的食物会引起蹄部疾病,目前还存在着不同的理论,但各方观点一致认为,无论当时处于一年中的哪个时期,必须立即采取措施,不能再让动物随心所欲地吃草。如果蹄叶炎未能获得妥善治疗,里面的脚蹄骨甚至可能发生旋转。

我被这种可能性吓坏了,决心绝不让这种事情发生在飞马身上。兽医告诉我,在六月初牧草干枯之前,飞马都不能被放出来,不能让她尽情吃草。当时才刚刚二月底。想到这么长时间,都要一直把她关在那个小围场里,我感觉无法忍受。"如果在这块地方,保持牧草只长出来很短一点呢?"我指着她围场外的草场问。只要有必要,我会每周都修剪牧草。

兽医看看周围的草场。"那样应该也可以,"他说,但又补充道,"你可以养几只羊,它们能吃掉大部分牧草。"

"你觉得这里需要多少只羊?"

"两只母羊应该就够了。"

如果养羊的话,还需要什么?还要养几只鸸鹋来牧羊吗?我本来完全没打算养羊,但我又能怎么办呢?现在飞马需要羊。

我认识一位在饲料商店里工作女士瑞伊,她在养羊方面经验丰富,于是下一次去商店的时候,我问了问她,是否认识什么人,打算出售两只母羊。瑞伊把简介绍给我,她正好有两只哥伦比亚母羊。

"其中一只母羊还带着只小羊。"简在电话上说,"这没问题吧?"

当然,我根本没想过要让一对母子分开。不过,知道小羊也是雌性,倒是让我松了一口气。这样就没有做绝育的问题了,谢天谢地。

虽然我知道,为了飞马我肯定得养这三只羊,但我还是跟简商量好,先去看看,因为在现实世界中(而不是奇迹世界),人们习惯的行事方式就是这样。不久,我就去了简的牧场,一家破烂不堪的牧场(我知道,每个拥有牧场和畜群的人,都会梦想拥有完美的谷仓和畜舍,但我还真不知道有谁真的实现了这样的梦想),我隔着栅栏看过去,两只大型的长毛白脸绵羊,正站在小围场里的秸秆堆中。在她们旁边的秸秆里,隐约能看见一只蜷缩起来的小羊。母羊警惕地看着我们,没有走近。其实我们也不需要特意接近。我们的生活轨迹已经交错融合在一起了。

我问了几个问题就点头成交,简随即开始安排把绵羊送到我那里,沿着公路过去,我的庄园就在几英里之外。很快,简开着她的轻型卡车到了,后面拖着一个木围栏拖车,绵羊们正在里面不停地咩咩大叫。她把车开进第一牧场,停在谷仓旁边,我们一起卸下拖车的后挡板。绵羊们惊恐地后退,挤作一团。我们走远了一点,她们就开始跳出拖车,拼命冲向自由。然后,她们到处跑来跑去,继续拖着长音大声咩咩叫。我还是第一次看到小羊羔。她有一条长长的尾巴。简解释说,羊羔还小的时候,她没有给她捆扎尾巴,而现在她已经三个月大,再捆扎有点太晚了。捆扎尾巴指的是用一种类似于橡皮筋的东西,绑在绵羊尾巴的根部,以切断血液循环,最终会导致尾巴萎缩脱落。养羊人去掉绵羊的尾巴,是为了剪羊毛更方便,并且号称这样做有助于预防寄生虫,但实际上,去掉尾巴反而会增加滋生寄生虫的可能性,还会导致其他健康问题。

卡车的抵达,令飞马和加百列警觉起来,他们也靠近过来,这使绵羊们更加焦躁。但加百列发出了一声千回百转的嘶叫和她们打招呼,我可真是第一次听到这么又长又复杂的叫声,绵羊们不再咩咩叫,开始倾听。加百列的声音停下时,周围安静了一会儿,就好像她们正在理解消化他所说的意思,接着,她又开始继续咩咩叫。

两天后,绵羊们终于完全适应了,也摸清了周围的环境,咩咩的叫声总算停止了。随后她们开始全神贯注于草场上的丰盛大餐。她们把第一牧场的草啃短之后,我又把她们赶到庄园其余的地方去。对绵羊来说,这里真是天堂。有几英亩大的地方可以自由漫步,想吃多少新鲜的青草就有多少,一头驴的存在,还能自然而然保护她们不受狗和其他犬类动物(土狼和灰狼等)的侵扰。其实我这块地方并没有很多土狼和灰狼来惹麻烦,围栏可以挡住流浪狗,绵羊们知道旁边有天然的保护者陪伴着她们,也可以稍微放松一点她们警惕的天性。

一开始,绵羊们似乎并不打算与我交流。我没往心里去。毕竟,她们在新的世界里还有很多地方要探索。她们从来没有见过这么大的地方,这么多的各种植物。她们与人类打交道的时候,也从来不能做出自己的选择。我决定这一次给她们完全的自由,让她们以自己的方式生活。才短短一个星期,我一出现,母羊就会咩咩叫着打招呼了,小羊已经开始高兴地用小蹄子蹬地、侧身跳跃——瞧,多么神奇。

绵羊们来到我的庄园六周后的一天早晨,房子附近传来持续不断的响声,把我从沉睡中唤醒。我花了点时间才完全清醒过来,意识到那个声音是绵羊的咩咩叫声。绵羊没有见到我的话,一般不会这么吵闹,于是我跳下床,跑到外面去看看发生了什么问题。透过玻璃落地门,我看到外面是夏洛特(我给她们都起了名字,我想到的第一个名字就是夏洛特),她绕着房子旁边的杉树一圈一圈踱步。看到她离房子这么近,而其他两只羊却不在,我感到很惊讶。像所有的群居动物一样,绵羊们总是一起行动。

这时我看到,虽然夏洛特没有和羊群在一起,但她也不是单独在那儿。是一只弱小的、白得不可思议的小羊羔!它迈着细弱的腿,踉踉跄跄地跟着夏洛特,下腹部甚至还垂下晃来晃去的脐带。小羊羔可怜巴巴地咩咩叫,夏洛特也以叫声回应它。后来我发现,刚出生后不断地以各种声音互相呼唤,母亲和孩子就能够分辨出彼此的声音,能够在羊群中迅速找到对方的位置,这样才能保证安全和生存。

我完全被这只新生的小羊羔迷住了,跑出去迎接它。夏洛特一开始还允许我接近,但如果我靠得太近她就开始撞我,表示已经够了,我不可以越界。我给她带来干草和水,这正是她现在最需要的,她开始狼吞虎咽地进食。在她吃东西的时候,我坐在树下的木墩上,细细地端详着那只小羊羔。他有着蓝色的眼睛、白色的睫毛,贴在头上的小耳朵,覆盖着一层细细的白绒毛。他的耳朵内侧,还有鼻子,都是粉红色的。他迈着贝壳色的小羊蹄,跌跌碰碰地在周围走,时不时发出幼细的咩咩叫声,完全抓住了我的心。

当时正下着毛毛细雨,但这对母子待在树下完全不会淋湿,雪松之间的圆木垛构成防风林,也为他们挡住了风雨。夏洛特在庄园里找了个最佳位置,生下她的孩子。回想起来,我觉得她也考虑了要选择邻近房子的地方,以便我可以保护和帮助她们。绵羊们在遇到我之后,似乎很快就知道我是可以信任的,而且,虽然我并没有完全意识到,夏洛特和我对待彼此的方式,已经像是植物和太阳一样,谁也离不开谁。

小羊羔跌跌撞撞地朝我走过来,又摇摇晃晃地走开了,在夏洛特周围迷迷糊糊地寻找能喝奶的地方。这时我注意到,夏洛特发出一种新的叫声,告诉她的孩子,他就快找到正确的地方了——那是一种从喉咙里发出的低沉的声音,有点像马的嘶鸣声。这是母亲对着婴儿温柔的喃喃细语。

另一只母羊（我给她起名叫奎伊米,这是个来自法语的词,意思是皇太后,因为她是羊群的头领,也是一位最好的母亲）,还有她的小羊克洛伊,显然也听到了咩咩的叫声,她们一起走了过来。新生的小羊羔摇摇晃晃地走在前面,克洛伊跟在后面,看上去相当兴奋。她们以前的主人告诉我,奎伊米是夏洛特的祖母,不过夏洛特小时候,奎伊米对于她更像是一位母亲。我注意到,夏洛特一旦感到不安,总是会去找奎伊米。但现在,打了一圈招呼之后,奎伊米和克洛伊就退避到了一段礼貌的距离之外,也许是应夏洛特的要求。

小羊羔又一次摇摇晃晃地走向我,好像要研究一下我是谁。我碰了碰他,他似乎并不介意,但夏洛特决定,我也得离远点。她用头撞了我好几次,于是我趁此机会到屋里打电话给简,在电话答录机上留了一条求助信息。那时候刚过早晨8点,但我忍不住立刻打这个电话,就我看来,在目前这一紧急状况之下,我已经按捺得够久了。我完全不知道,自己应该为这对母子做些什么。

以前那种焦虑又开始使我胃里翻腾,我在担心,我恐怕真的养了太多的动物了。开始是一匹马,然后是一头驴,现在本来应该是两只羊,却变成了四只。日子一天天过去,我一直在学习怎样照料他们,但一下子有这么多的事情要学,我最好能够尽快学会。

小羊羔的诞生并非完全是个意外事件,因为简把绵羊们带过来的时候,就警告过我的。"这一只要么是很肥,要么就是怀孕了。"她指着夏洛特说。随着六个星期过去,我原本还

奎伊米、夏洛特和克洛伊来到了保护区。他们是祖孙三代。

作者摄

以为安全了，羊群不会继续扩大了。

突然，夏洛特卧在地上，整个身体蜷缩起来。肯定是要排出胞衣，我想。她站起身来，走到一棵小松树后面，但透过树枝还是能看得到她。她又一次卧下，我看见有些白色的东西从她身体中掉出来。她站起身来，开始舔那个东西。我以为她是要吃下胞衣。可是，地面上那团东西如果是胞衣的话，看起来也太白了，所以我走近过去仔细看看。又是一只小羊羔，只是他一动不动——夏洛特一直在舔他，他却完全没有反应。

我不知道是否应该过去帮忙，还是应该让母亲自己处理，让大自然作出决定。小羊羔仍然没有动。如果他没有马上吸入氧气的话，可能会发生脑损伤或死亡。我不去管夏洛特攻击性的防卫，走过去清理小羊羔嘴部的羊膜囊，那东西仍然覆盖着他的上半身。但这也没起到什么作用，夏洛特又冲着我撞过来，于是我退开了，对自己说，"就让大自然来选择吧"。也许这就是物竞天择，小羊羔没能活过来。

后来我才得知，如果拎起小羊羔的后腿前后摆动，也许刚出生的小羊就能开始呼吸。不过，有经验的养羊人会有一种共识，这只小羊羔不太可能活过来。这对双胞胎的出生时间隔了一个多小时，这就说明肯定发生了某种严重问题，第二只小羊羔很可能在出生前就已经死了。

我正在考虑接下来要怎么办的时候，手机响了。是简打来的，她可真是我的救星。她说，我们只需要做两件事情：把小羊羔的脐带在碘酒中浸泡一下，以防止感染，并往他的嘴里注射一种加强营养的糊状物。她一个小时左右就会带着必要的东西过来。我告诉她那只死去的双胞胎小羊,她说,把那只小羊从夏洛特身边拿走是没关系的。"只要走过去把他拿走就可以了。"她说。

对于这类养羊的工作,我还完全没有做好准备。当时我还不知道自己是多么莽撞。但我抓起一条毛巾,咬紧牙关,坚定地走向死去的小羊羔。我把他抱起来,夏洛特立即从她躺着的地方站起身来,朝着我们走过来,但我很快用毛巾包裹住小羊羔的身体。夏洛特在我手中没有看到她的孩子,于是又停了下来。我把他的遗体带在门廊上,打算先把他好好地放在这里,等有时间再去埋葬他。我把那小小的一包放在椅子上,拉开毛巾,把他的身体摆成一个圆圈,鼻子碰到尾巴,四肢蜷缩在中间。

我坐在那里凝视着小羊羔。他比一只猫大不了多少,当然,他的腿要长一点。他脸上似乎浮现出一点点微笑,就好像他是在快乐中死去的。想想他诞生的方式,很可能他死去的那一刻,是在母亲子宫的羊水中平静地漂浮着。我真的希望是这样。我不禁流下泪水,抚摸着小羊羔纯白色的毛,和他说话,告诉他,他不能与我们一起生活,我感到很难过。然后,我再次用毛巾包住他,把他留在那里,回去照看他还活着的双胞胎兄弟。

最近,有一些野生火鸡开始在这附近闲逛,他们恰恰选择了这一刻来初次访问。我听到房子的另一边传来很响的咯咯叫声,悄悄过去一看。十一只大火鸡落在围栏上,而另两只,一只雌火鸡和一只开屏的雄火鸡正在地面上进行一场求偶仪式的舞蹈。这是十三位仙女来向新生儿赠送礼物和祝福吗？这可不是传统意义上的仙女，我想，不由得笑起来。

简到了之后，我告诉她，我还没看到小羊羔吃奶。她说，我们最好能让这对母子待在室内，这样，小羊羔需要照料的时候，夏洛特总是会在旁边，而且还能保护他们不受恶劣天气的影响。加利福尼亚州仍然处于雨季，虽然夏洛特自己选了个不错的地方生下小羊羔，但很可能还会有更厉害的狂风骤雨来临。我在谷仓旁边的耳屋里放了一些木刨花和一张毯子，为他们准备了一个休养的地方。

简把小羊羔抱了进去，夏洛特紧紧跟在后面，显然很紧张她的孩子被别人带走。简把小羊羔放在毯子里。他待在那儿没动，看起来是累了。我们把他留在那里休息，简趁着这段时间教我如何"放倒"夏洛特，也就是让她侧卧在地上。这样做是为了检查夏洛特的乳头，确保她的乳头没有堵塞。

简把夏洛特赶到耳屋的一个角落里，站在她的侧面，固定住她，一只手放在她的下巴下面，使她抬起头，用另一只手抓住她身后的一些羊毛。要"放倒"一只绵羊，你得站在这个位置开始，用你的臀部顶住她，然后把绵羊的头拉向她的侧面，退后一步把她拉倒，让她以另一侧身体躺在地上。如果做法正确的话，即使是像夏洛特这么大的一只羊（她的体重约有七十千克），也能迅速而顺利把她放倒。但对我来说，突然插手到羊的生活中，感觉很粗暴，我有些担心夏洛特。

简检查夏洛特的乳房，我站在旁边，一只脚塞进她的肩膀下面卡住她（这是一种固定技术）。简试着挤奶，有一个乳头没有羊奶流出。于是简开始为她按摩乳房,疏通乳头的堵塞,然后终于挤出一些羊奶装进她带来的瓶子里。我们放开夏洛特,向后退了几步。她挣扎着自己站起来,尽可能躲得离我们远远的,但其实也没有多远,耳屋充其量也只有四五平方米。

随后,简教给我如何用软管喂养小羊羔,因为她希望能让小羊羔吃点初乳,初次分泌的乳汁含有高蛋白质,能够提高免疫力。

"用软管喂奶听上去麻烦,但其实很简单。"简向我保证,让我放心,她把小羊羔放在膝盖上,拿来一段橡胶软管。夏洛特站在角落里,紧张地盯着我们。其实我自己也很紧张。

简把软管的一端放进小羊羔嘴边,轻轻伸进他的喉咙里。他似乎很容易就吞了下去。然后,她把一个注射器套进软管的另一端,慢慢注入羊奶。小羊羔吃奶的时候一点儿都没有呛到,随后就在毯子上甜甜地睡着了,看起来,肚子终于吃得饱饱的,让他感觉很放松。简几个小时后又回来,看着我亲自做了第二次喂食,软管确实很容易伸进去。她挤出了更多的羊奶,让我保存在冰箱里。我也想试试挤奶,简指导了我一会儿,但我没能马上找到诀窍。我希望尽可能不要让夏洛特感到难受,于是我决定,还是先麻烦简来挤奶吧。

那天下午,我自己来到耳屋里,第三次给小羊喂奶,我一只手扶住膝盖上的小羊羔,另一只手把软管放进他的喉咙里,然后往注射器里倒了一些羊奶。我感到既害怕又兴奋——要对这个小生命承担责任,令我有些害怕,努力去做这些不熟悉的农场工作,令我紧张,但更多的是兴奋。

接下来，还有一项我不得不面临的任务，要处理小羊羔双胞胎兄弟的遗体。我曾经以为应该挖个坑把他埋葬下去，但简告诉我，瑞伊会把死去羊羔放在远离牧场的地方，留给秃鹫（我后来才知道，在羊群中，刚出生就死去的小羊是很常见的）。我以前从来没有做过这种事，一想到秃鹫撕裂动物的身体，这样的画面令我反胃，但后来我也想明白了，如果小羊的身体能够为其他生物提供食物，那么他的死亡也就有了意义。于是我把他带到远离牧场的地方，并把他的身体放在灌木林中清出来的一小块空地上，他的身体现在已经是一个僵硬的圆圈形状。我把迷迭香的枝叶盖在他身上（迷迭香的花语是保护和纪念），把他的胞衣放在旁边，夏洛特生下他不久后排出了胞衣，但并没有吃掉。我看着这只小小的羊羔，再次告诉他，他不能和我们一起生活，我感到很难过，我为他祈祷了一会儿，流下了更多的泪水，然后回去照料他的母亲和双胞胎兄弟。就这样把他留下，我感觉很伤心。他看上去这么小、这么可怜，孤零零一个被丢在外面。

　　幸好我们把夏洛特和她的孩子搬到了耳屋里，因为第二天就下起了倾盆大雨。我仍然没有看到小羊羔自己吃奶，于是打电话给简。她过来了，有点担心，一看到小羊羔就说，他肯定需要进食，他看起来弯腰驼背蜷成一团，这可不是健康的样子。我们又用软管喂了他一次，然后希望能教会小羊自己吃奶，我固定住夏洛特的头，而简把小羊的鼻子贴近夏洛特的乳房，想让他含住乳头。夏洛特从一边到另一边走来走去。我们让夏洛特躺在地上又试了一次，当然，这就需要再把绵羊

"放倒"一次。半小时到一小时之后(我已经搞不清过去了多长时间),简完全灰心了。她一只手扶着小羊的脖子,一只手托住他的身体。小羊羔也精疲力竭,他很饿,需要营养,看上去就像是一团瘫软的毛团。简把小羊羔的头转过来面对自己,我可以看到她全身充满了沮丧。

"我要把你扔到墙上去,"她说,轻轻摇了一下他。

"让我试试。"我说,从她手中接过小羊羔,轻轻抱在怀里,我抱了他好一会儿,让我的体温传到他身上。我默默地向他发出爱和鼓励的讯息。简对待小羊羔的方式,和许多农场上的做法相比,已经非常温和了,但与我理想中的做法仍然存在很大区别。我已经爱上了这只小羊羔,我不希望他的生活一开始就面临着敌意。抱了他几分钟后,我再一次温柔地试着让他含住乳头,但还是不行。

要是一位很有经验的牧羊人,也许就能让小羊羔自己喝奶,但简对于这方面还不能说非常在行,而我则完全是个门外汉。这是一个很典型的例子,如果你希望能够照料好动物们,仅仅拥有良好的愿望和想法以及能够与动物建立起紧密联系的能力,仍然是完全不够的,必须以丰富的实践知识和经验作为基础,才能真正照料好动物们。

最后,我和简都放弃了。回想起来,我当时应该打电话给瑞伊,但我觉得自从这些羊来到我家后,我一直麻烦她,提出很多关于养羊的问题,如果再请她亲自到我这里来,那也太麻烦她了,而简似乎也是很有经验的,对于绵羊们的大部分问题,也许简的经验确实足够了。但这次的情况毕竟不太寻常,不过，以后我就会了解到，与夏洛特一起生活，往往一直都会处于各种特殊状况中。

看来我只好用奶瓶喂这只小羊羔了。也许以前我觉得自己和羊群只是作为邻居一起生活，但事实是，我们远远要亲密得多。我就好像突然被推进羊群中，不得不进行密集培训，学习羊的生活方式。

简又给了我一些指导，为我列出了所需用品清单，然后就离开了。我出门去饲料店之前，与夏洛特和小羊羔说了会儿话，告诉他们，刚才这样对待他们，我感到非常抱歉，以后不会再这样子了，我的行事方式会完全不同的。与小羊羔说话的时候，我一直抱着他。夏洛特留在角落里，但她平静地看着我，一点都不害怕。

那之后，我每天会给小羊羔喂五次奶，那之间也会去看他们好几次。简曾经提醒我，人工喂养一只小羊恐怕不容易，有些小羊羔半天才能喝完一瓶奶，不过这一只几乎是马上就喝光了。他躺在我的腿上，有点费劲地找到奶嘴。在喂食中间他经常需要休息，然后十或十五分钟之内，就直接在我的怀里熟睡起来。

第一次用奶瓶喂小羊羔的时候，我看着他静静地睡在我怀里，心想，夏洛特这次能够平安生下双胞胎是多么幸运。前一年她生小羊的时候，简、瑞伊和一位经验丰富的兽医，都认为那是他们曾经见过的最大的小羊羔。那天早上，简刚一出门，就发现夏洛特几乎已经快死了，一只巨大的小羊羔才只生出来一半。小羊已经死了。简急忙叫来兽医，兽医认为她恐怕已经分娩了很长一段时间。他们最终把夏洛特救活了，但简花了好几个月时间才照料得她完全恢复健康。兽医说，夏洛特最好再也不要生育了，这可能会害死她。不幸的是，简并没有注意让公羊们远离她，之后，夏洛特还是再次怀孕了。幸好这一次她怀的是双胞胎，这意味着每一只羊羔都会比较小，分娩也就更容易一些，也许就是这一点救了她的命。

虽然夏洛特分娩后活了下来，但她的身体变得很虚弱，因为她连呼吸都变得很困难，当她躺下时，好像吸一口气都要费很大力气。简认为可能是雨天的原因，导致呼吸道感染。她打电话叫来兽医，为夏洛特开了一个疗程的抗生素，并预约了下一次检查。

简仍然一直过来给夏洛特挤奶，希望能够防止出现乳腺疾病，而且我也可以用这些羊奶喂小羊羔。夏洛特会反抗她的各种做法，简说，夏洛特一直很"神经质"。我问她这是什么意思，她告诉我："她会无中生有地变得歇斯底里，总是以为我会杀了她。她从一开始就是这个样子，我和她在一起的时候，她自始至终完全没有改变过。在我养过的所有羊中，这算是最糟的一只了。"

我非常感谢简的帮助，要是没有她的话，我真不知道要怎么办，但我可以理解夏洛特为什么会反抗。每次简进入耳屋时，她完全不会注意夏洛特的存在，而是立即开始做自己打算做的事情，很多人面对他们称之为牲畜的动物时，往往都是这样做的。而我总是会和夏洛特打招呼，让她知道，我注意到她了。我们与人类打交道时，这是一种基本的礼貌（虽然很多人面对儿童时也做不到这一点)。如果人们完全被忽视,他们不会愿意合作。那为什么我们会认为,动物就愿意呢?

有一次给加百列修剪蹄子的时候,蹄铁匠修剪完左侧的蹄子,想拉起他的右蹄,加百列直往远处躲。总是与动物相处很和谐的蹄铁匠说,"哦,我忘了从这一边介绍自己。"他停下来,从右侧跟加百列说了一会儿话,轻轻搔了搔他的脖子。后来,加百列一直耐心地安静站着,让他修剪蹄子。蹄铁匠说,这是个尊重动物的问题。

而这次在夏洛特的事情上,我并不打算要求简改变她的做法。她是这么乐于助人,花费了大量时间来帮助我。她本来可以让我自己应付这一切的,单单要照料她自己的动物,已经是很繁重的工作了。但她却愿意为我抽出时间,小羊羔出生后的第一个星期,她几乎每天都到我这里来,指导我学习各种需要了解的事情。虽然我不会对简的做法提出意见,但我总是尽可能使夏洛特轻松一点,不要受到什么痛苦。至少有一个方面,我可以立即做出改变,来帮助她。我买了一条羊用的缰绳,这样就不用再把她"放倒"了。我们所有人都能轻松一点。第一次是简为她拴上缰绳,之后都是由我来做。

对于熟练的养羊人来说,拴上条缰绳没什么大不了的。但对我来说,这可是个大问题,就像当初面对飞马一样。事实上,照料绵羊的所有工作,在我看来都是让人头疼的问题,因为这一切对我来说都是全新的,只有带着自信去做,我才能做好各种活计,而在乡间庄园里,信心正是我最缺乏的东西。我知道怎样控制自己的身体动作。从十七岁开始,我一直在学习各种舞蹈,接受芭蕾舞、现代舞、爵士舞的训练,获得了舞蹈治疗法的本科学位,我还教过四年的舞蹈。但是,庄园里的这些事情,需要对自己的能力拥有一种全新的信心。并非只是体力的问题,我的体力倒是还可以。还需要自信地接近大型动物(蹄类动物非常看不起胆怯的家伙),把他们牵走,触摸他们,完成需要做的工作。照料绵羊,与我和飞马之间的相处完全不同。庄园正在慢慢塑造我的性格,我走来走去地忙活,胃里有点焦虑的感觉。

兽医为夏洛特开了一些抗生素,简给她做了第一次注射,我觉得她已经为我们付出了很多时间,就对她说,接下去的事情我可以自己处理。我满怀谢意地送她离开,感谢她帮助我度过这次危机。

我仍然有点无法相信,自己已经不由自主地被命运带到了这种必须亲手照料绵羊的生活中。现在,我必须得弄清楚,怎样为夏洛特注射余下的两针,这又是一个大问题,因为我以前从来没有做过这样的事情。我怎么可能固定住夏洛特七十千克重的身体,还要给她注射(虽然瑞伊就能做得到),于是我打电话给我的好朋友梅拉,她并没有养羊的经验,但她患有妊娠糖尿病,在怀孕期间不得不给自己注射胰岛素。

我们的挑战首先是要分清羊毛下面哪里是骨头,哪里是肌肉。最后,我们总算弄清楚了——梅拉把针头插了进去。完成注射之后,我们乐得傻呵呵的,自己居然能够完成这么一件大工程,我们一起祝贺夏洛特,她坚强地度过了这段难熬的日子。放松下来之后,我感到全身瘫软。

梅拉再次前来为她进行最后一次注射时,夏洛特的呼吸问题已经好得差不多了。这一次我们也是费了不少力气才找到适合注射的地方,夏洛特以极大的耐心安静地站在那里。梅拉和我一样,希望尽量减少夏洛特的不适感。我想夏洛特也明白这一点。不管怎么说,我和夏洛特的关系在慢慢发展。她愿意为我们安静地站着,这一点已经足够说明问题。

在那段日子里,我几乎总是在耳屋里和绵羊母子在一起。简告诉我,如果我把小羊羔从夏洛特身边带走,养在房子里的话,我就能轻松点,但我不想把他和自己的同类分开。否则,他以后要怎么适应羊群呢?而且,即使是在黑暗的晚上或下雨的日子,我也并不介意到外面去喂他。看到他两腿向内弯曲站在那里,小耳朵耷拉着垂向两侧,以无辜的眼神好奇地抬头看着我,带着点期待咩咩叫,真是令人开心极了。看见他,你就知道"无辜的羔羊"这条谚语绝对是真理。我喜欢抱着他,看着他喝奶。喝完一瓶后,他往往就在我腿上睡着了,这时候夏洛特会过来看看他,然后碰一碰我,意思是想要点马饼干,我在给小羊羔喂食的时候,也总是会给她带来点小零食。

我暂时还没有想好要给小羊羔起个什么名字,现在先用各种可爱的昵称叫他,他真是个甜蜜的小家伙。我并不急着给他起名,因为我知道,到了合适的时候我就会想到最合适的名字。同时,小羊羔身上的毛长得很快,对他这么个小家伙来说,那团羊毛看起来都有点太厚了。大约一星期,他就告别了婴儿阶段,成为一只蹒跚学步的幼羊。

克洛伊和奎伊米继续自由自在到处跑,而夏洛特和小羊还是只能待在耳屋内。夏洛特不得不和奎伊米分开,这令她感到烦闷,所以每隔一段时间,我就把另几只羊哄进与耳屋相连的畜栏中。夏洛特平静下来,变得快乐多了。我敢肯定,她的烦闷,至少一部分是脱离羊群导致的心情苦恼——不能和羊群在一起,她的生活就会变得不对劲。在畜栏里,奎伊米也遇到了她自己的苦恼,克洛伊的体型还比较小,能够穿过围栏的间隙,她无忧无虑地跳来跳去,没注意到这使她的母亲感到焦虑。作为地位最高的母亲,她的女儿在谷仓一侧消失时,她却无法跟上去照看她。

这些日子里,往往会出现动物大合唱,夏洛特喊着奎伊米,奎伊米喊着克洛伊,小羊羔咩咩叫着要喝奶,飞马嘶鸣着希望我放她出去(可是我不得不限制她待在草地上的时间),加百列呼唤飞马的叫声也加入进来。

奎伊米和克洛伊总是一起活动,而夏洛特暂时没办法和她们在一起,但她总是会把她们招呼过来,于是奎伊米和克洛伊经常到我这里来,我们的关系也越来越亲近了。她们经常待在房子旁边的松树下面,所以我在那里放了一些饮用水,她们通常都会留在那儿过夜,树荫会为她们挡住风吹雨打。奎伊米仍然和我保持距离,但要比以前亲近得多。而克洛伊,在第一次试探着和我接触之后,很快就愿意享受我对她的爱抚,当我停下来时还会推推我,催我继续。

不幸的是,牧草丰盛的春天来临了,尽管羊已经把草啃短了,飞马却再次显示出蹄叶炎的迹象。起初,我把她关在畜栏里,与绵羊母子之间隔着半高的门。夏洛特和飞马时不时地隔着门亲密交流,碰碰鼻子,你瞧,环境会把我们所有人联系到一起。但我需要给飞马留出一条通道,让她能到耳屋去,于是只好让夏洛特和她的小羊羔暂时搬到牧场的旧水泵房里,他们还要在这个新家里住两个星期,直到小羊长大了,可以安全地到外面去为止。

我带夏洛特走过牧场的时候,她一直在跟我较劲。折腾了四十五分钟以后,我总算把她带到了新住处。我坐在门口的台阶上气喘吁吁地擦汗,夏洛特安详地嚼着干草,我们的角力比赛似乎对她完全没有影响。我很高兴她不记仇,可也忍不住问她说:"那你为什么要让我这么费劲呢?"她以夏洛特式的坦率眼神看了我一眼,这就是全部回答。

现在回忆起那次角力持久战,我会忍不住惊愕地直摇头。如果我当时懂得的东西像现在一样多,我会一只手抱起小羊,另一只手拿上一桶谷物和别的东西,冷静地走到他们的新住处。如果夏洛特不肯马上过来,我会保持冷静,让她再享用一会儿青草,我知道,稍等一会儿,她准会过来的。但是,冷静来自经验。当时我还是个菜鸟,所以,我跟她来了一场角力战。

我们通过牧场的一路上,奎伊米和克洛伊一直保持距离。现在,她们才接近过来。夏洛特停止咀嚼干草,来到门口和她们打招呼。到处都响着咩咩的叫声,然后,她们开始对目前的新情况发表评论,也许还会议论一下她们的牧羊人是多么古怪。

她们交换意见的时候,我正伤心地看着小羊羔的四蹄,以

这只羊名字叫奇迹。他出生时虚弱到无法喝奶,作者用奶瓶喂活了他。

作者摄

前,他的小蹄子是那么完美无瑕,像珍珠一样,可是现在上面粘了一层脏乎乎的淤泥,因为刚才他跟着较劲的夏洛特走过了整个牧场。我把他的蹄子清理干净,希望这样就能使他重新变回婴儿一般的纯洁,但他已经迈出了自己在这世上的第一步,以后还会有更多无可避免的事情。

在新的住处,夏洛特和我成了好朋友。我发现她很喜欢被人抚摸,特别是给她挠挠下巴。她还开始偶尔撞撞我,但并不带有多少攻击性。我想这可能是因为,她不得不一直住在狭小的空间里,这使她感到沮丧,于是需要发泄,我的办法是,通过爱抚分散她的注意力,这样做确实很有用。

有一天,我到畜栏去喂食。和往常一样,在进去之前,我隔着半高的门先看看他们。小羊羔正站在那里,细细的双腿还有些内弯,他温柔地凝视着我,眼神里充满信任,我突然就想好了最适合他的名字:奇迹。从那时起,他不断地提醒着我:生活充满奇迹。

动物教我的事
/ 不要主观评判 /

学习羊群的生活方式,让我开始思考,我们的语言中提到动物时,为什么会有那么多的负面之辞:羊群心态(用于形容盲目的追随者),笨得像牛,顽固得像骡子,像猪一样好吃懒做,像牛一样闷不吭声。人类会贬低其他生物,以便把自己和它们区分开来,也会贬低自己不理解的生物。提到某个群体时所用的不敬之词,恰好体现了我们所抱有的负面评判,也许我们完全没有意识到自己存在这样的心理。动物,尤其是农场动物,在人类的意识中,似乎存在于最后面的角落,会被下意识地归类为"其他"。现在,当我们提及女性和其他民族时,已经会有意识地注意自己的用词,但对于动物却仍然会肆意侮辱——而且不止一个方面!

羊是被贬低得最严重的农场动物之一。有无数人要么委婉要么直白地问我:"羊是愚蠢的,对不对?"人类这种自高自大的倾向,无论是科学家还是外行人都会存在。人类会根据动物的行为有多么接近于人类的行为,来评判动物们的智力。他们的行为与人类区别越大,就会认为他们的智商越低。对于自己不理解的行为,我们经常是直接贴上愚蠢的标签,而不是努力去理解这些行动中的智慧。对于动物的行为是这样,对于其他人的行为也一样。

与动物在一起亲密生活使我发现了一个基本的事实:他

们的行为有着自己的理由。我所照料的动物中,任何我曾亲眼目睹的行为,都是有原因的。有时候原因是显而易见的,有时候我必须观察或者倾听一会儿,然后才能理解。

与羊群在一起亲密生活使我了解到,这些被人类贬低的行为背后,其实有着出色的理由和逻辑。牧场中出现意外干扰时,羊群会像鱼群一样成群涌动,很多人会认为这属于一种歇斯底里的过度反应。但是,如果你知道,面对天敌时,羊群根本无法反抗,只能逃跑,只有待在大量同伴中会比较安全,那么你就会明白,他们的反应是有道理的。人类嘲笑"羊群心态",但事实上,如果我们能像羊一样彼此紧密联系,人类作为一个种族也许就能够做得更好。羊群实际上是一个强大的社会单位,而不是一堆盲目追随者。与其去贬低羊群行动如一,难道我们不是更应该对羊群感到敬畏,他们能够彼此协调到总是行动如一的程度吗?

如果人类主观地认为羊是一种盲目追随的动物,我们就无法看清他们的天性。这样的主观评判会在我们之间树起厚厚的屏障,我们将无法建立起纯粹的联系。如果一名养羊人坚持认为羊是很愚蠢的动物,他其实并没有看到真正的羊。也许,为了售卖动物、宰杀动物,人们恰恰需要这样做。主观评判使我们能与动物保持距离。

羊和其他生物一样,也是一个个不同的个体。我从来没见过哪个人不具备自己的个性。同样,我也从来没见过哪只动物,不具备自己的羊性、马性、狗性等等。有些人见过我这些羊后,会吃惊地评论说,他们的面孔居然是不同的(这当然不是指颜色)。这些人真正看到了每一只羊,而不是直接下断语说,所有的羊看起来都差不多。有趣的是,我们对于某些人类的敌人也是这样描述的。不知为什么,如果我们抹去他人的个性,我们就不会尊重他们——这就是另一种疏远的技巧,对其他人或其他生物关闭我们的心。

我抛掉了对羊群的先在偏见,通过羊群本身来了解这种动物。我越是仔细看着每一只羊真正的样子,越是感觉到我们从心灵层面上联系了起来。当我看见夏洛特、克洛伊、奎伊米和奇迹时,甚至只是在想到他们时,我都能感觉得到,有一根纽带将我的心和他们的心联系到了一起。我们之间的联系越是紧密,我对于每一只羊的了解也就越多。这是一个更深入认识彼此的过程。如果你能够把主观评判抛开,就能够彻底了解另一个生命,他或她将成为一个光彩四射的丰满形象,进一步,我们将共同沐浴在彼此认同接纳的阳光中。

奇迹呼唤夏洛特的时候,会发出一种特别的低沉的咩咩叫声,呼唤我的时候,也是类似的叫声——这是他留给母亲的独特叫声。甚至当他完全长大以后,仍然会以这种独特的叫声招呼我们。我非常感谢他,还有其他的羊,能够接受我融入他们的羊群,教我如何做他们的同伴。能够成为一贯谨慎小心的羊群中的一员,我感到十分自豪。

不要主观评判,向这些毛茸茸的动物打开你的心吧,我已经亲眼看到,如果羊群可以在充满爱和尊重的环境中自由生活,他们会是什么样子。可是,他们那些散布在世界各地的同类们,仍然承受着恐惧和痛苦,而且这样的情况还将继续延续很多很多代,这一切都将存储在他们的能量场、细胞记忆或动物档案中(无论用哪一种说法,每一种生物都有着精神力量的存储,包括我们人类自己也一样),我敢肯定,这会对他们的行为产生影响。但奎伊米和她的羊群尽可能地走向了积极快乐的方向。我很荣幸能够亲眼见证这样美丽的结果:和平的家族关系。

加百列大天使

这些动物在我周围建立起一个保护区,一个和平的地方。我们在一起生活的每一天,都使我们之间的联系更加深入,使这种和平进一步发展。一天早晨,我坐在牧场边缘的木凳上,喝着咖啡。已经两个月大的奇迹,正在我的脚边一点点啃着野花,而其他三只羊、飞马和加百列,则在附近吃草。牧场上更远一点的地方,一群土耳其羊和几只鹿正在草地上觅食。我的脑海中突然浮现出一个词"动物使者保护区"。我突然觉得,眼前这些动物和鸟类,都是大自然的使者,他们前来提醒人类,所有的生物都是神圣的,整个世界应该自然而然充满爱。

这一天是保护区的正式诞生日,

虽然肯定在此之前,这个地方就已经开始渐渐成形了。加百列是创建这里的使者,因为当我搬到这个地方时,他已经在这里了,而飞马和羊群的到来使我突然明白,我们要做的就是在这里创建一个动物保护区。就在那一天,我完成了动物使者保护区的构想。这将是一个安全的避风港,农场动物(这些长久以来都被忽视的动物们)能够在这里安宁和谐地生活,野生动物可以到这里来寻求庇护,这里所传达的信息就是尊重一切生命。

奇迹把他的下巴搁在我的膝盖上。我一边抚摸着他毛茸茸的脑袋,一边朝第一个天使般的使者加百列望去,他正与他的灵魂伴侣一起安详地放牧。

当我遇到加百列时,他还不叫这个名字,而是只有两个首字母作为他的代号。当时养他的人,用住在附近的两个人的名字首字母给他起了个名字,希望如果以这俩人的名字为驴子命名,他们就不会抗议这头新来者发出的叫声。根据我现在对能量场的了解,我能看出,这个名字对他的能量场会产生怎样的恶劣影响。这标志着,他的存在需要他人容忍,他连自己的身份都没有。

加百列一岁时,就被美国土地管理局从沙漠老家带到这里来,也许是用直升机运来的。这些野生沙漠驴是1849年淘金热时涌向加州的淘金矿工带去的驴子的后代,现在为了控制他们的数目,不得不定期把他们从南加州的沙漠运走。然后,土地管理局再把这些驴子用拖车运到各地,公开由人认养。

虽然在新家已经住了3年,加百列仍然很怕人。我是唯一一个他信任的人,但他对我的信任程度,也仅止于肯接受我手里的胡萝卜,愿意让我偶尔拍拍他。如果需要兽医给他做一些治疗或其他方面的处理,对于每个人来说都是个考验,包括加百列自己。想要抓住他已经很难了,还要让他镇静下来,以便为他修剪蹄子,这简直是不可能完成的任务。不用说,很少有人能成功。有一次,因为被赶进一个小畜栏里修剪蹄子,加百列极其惊慌失措,跳起来整个身体撞向围栏,那可是用坚固的金属管制成的。幸运的是,他没有摔断腿,但即使是坚固的金属围栏,也被他撞出了巨大的凹痕。虽然他并没能逃脱,但修蹄的工人连连摇头说还是算了吧,然后就离开了。

我决心要温柔地对待加百列,这样,照料他就不会那么困难。每次看到他害怕得直发抖,只好把他麻醉才能继续后面的工作,我就会觉得整个心都碎了。而且,他不得不整天都套着笼头,那东西把他鼻子上的毛都磨掉了。有一次,我用食物把他哄进一个小畜栏里。当他意识到已无处可逃,而这里只有我一个人(而不是某些吓人的家伙),他就让我接触他,但我摸着他,发现他皮毛紧棚、瑟瑟发抖。我轻轻地抚摸着他天鹅绒般的棕色毛皮,柔和地跟他说话,安慰他,但我知道他现在只盼着我赶紧打开门,放他走。当我打开畜栏的门时,他狂奔而去,就好像只有赶紧离开我才能活下去。

我想,他身上肯定发生过什么可怕的事情。被直升机带走,然后被关进畜栏,又被打上带有土地管理局编号的冷冻印记,现在在他的脖子上还能看见那个编号。冷冻印记是一种打烙印的技术,不过是以低温而非传统的高温来杀死皮肤上的细胞,形成一个永久性的印记。他们是怎么给他打上烙印的?我想可能是用了套索,然后绑住他的腿,也许干脆把他四条腿都捆得动弹不得。每次我碰到他的腿,他的反应都令我不由得会这样猜想。

我不打算再关住他了。肯定还有别的方法能够克服他的恐惧。

两件事情使他开始改变。首先,我咨询了两个马类动物专家朋友黛博拉·麦考密克博士和阿黛尔·麦考密克博士,她们是马类治疗先驱,也是《马的感觉和人的想法》和《马和神秘路径》的作者。她们来看了驴和牧群之后(那时候飞马还没有来到这里),让我继续我的做法——跟他说话,给他奖励,不要追赶他——不过,他需要一个新的名字。她们说,他原先的名字会在不知不觉间损害他的自我身份感。

我希望给他起个好名字,一个能够反映出他的本质、帮他重新获得勇气的名字。没过多长时间,我就想好了最合适的名字:加百列。驴的嘶叫声就像天使长在吹小号,而且他有一种天使般的亲切。以大天使加百列(北风天使,名字的意思是"上帝赐予我力量")的名字命名,能够激发出他的勇气和力量,他需要以此克服恐惧。一开始叫他加百列,我立即就知道这是个很适合他的名字。每次喊他加百列的时候,我觉得自己能够了解他最为本质的一面,他强大的天使般的自我。

使加百列发生变化的另一件事情是飞马的到来。我没有多少与马相处的经验,以前也从来没有想过,动物之间也会建立起类似于人与人之间的纽带,就好像你喜欢一些人,就不愿再跟别的人在一起,在你的一生中,这样的灵魂伴侣也许只有寥寥数人。回忆起来,我发现飞马和加百列就是一见倾心的灵魂伴侣。我打开他们之间的门,他们从此就再也分不开了。

不管飞马到哪儿去,加百列都会跟着到哪儿去,因为飞马总是喜欢粘着我,于是我与加百列也开始整天整天地交流起来。飞马喜欢亲近人类,也很享受这样的交往,这也成为加百列模仿的蓝本。飞马看到我时,会轻快地跑过来打招呼,如果我一段时间没到外面去,她会直接把脑袋探进我的房门,看看我正在做什么。

随着奇迹的诞生,我每天会出去很多次,和动物们待在一起。加百列和我相处的时间越来越长,甚至渐渐习惯我和他在一起,待在他的旁边,和他一起步行,照料他,以及在需要限制牧草时把飞马和他转移到另一个地方。始终陪在他身边,而不仅仅是机械地完成照料动物们的各种杂务,这就是使他变温和的最好方法。

因为飞马患上了蹄叶炎,我不得不限制她的活动范围,加百列总是来到关着她的围场附近,在旁边吃草,或者就是站在那里。他每每突然就跑到牧场来,但不会久留。虽然这并不足以证明,他们之间的联系有多么牢固,但他所做的事情,毫无疑问有助于飞马痊愈。

当时,我们的兽医治疗蹄叶炎用的还是旧式方法。治疗是基于一种理论,面对更丰盛的食物时(如春天的牧草),由于消化系统中的血液循环增加,减少了循环到四肢的血液,于是血液集中在马蹄上,引起炎症,导致病情发作。旧式的治疗方法,除了限制进食之外就是让马行走,即使这样做会使马匹感到很痛苦,但为了使血液循环顺畅,就必须坚持。但现在的兽医认为,标准的护理方法应该是,在蹄叶炎的情况下,步行是非常不合适的,因为这可能导致板层(马蹄中的组织)分开,这可是你绝对不希望发生的事情。最好让马匹在畜舍中休息,并结合使用消炎药,以及旧式方法中的冰敷马蹄。

这个例子说明,医疗要随着时间而进步,也强调了听取多方指引的重要性,无论是来自上天的还是你内心的。涉及个人健康的时候,我就把自己交给上天,可是我并没有足够的自信也这样对待动物们的健康问题。多年来,我总是首选自然的疗法。这种方法的基本原则是,相信你自己的本能或者无论什么你称为内心指引的东西,而不是把所有的责任都交给医生。但我对大型动物的经验实在不足,所以无论"专家"告诉我要做什么,我都只好照办不误。

我第一次试图让飞马行走时,她不肯动弹。她的马蹄痛得厉害。对于这个问题,我们从克莉丝汀那里学到的同伴步行起不到什么作用,因为飞马正痛得厉害,而这时又不能让她吃草,所以我只好拿来马笼头和牵马绳。我不停地告诉她,如果她走一下的话,会感觉好一点,我努力推她、拉她,总算让她动弹起来。要按照规定让她一直行走二十分钟,这可真是件很难做到的事,这样做也令我感觉很糟糕,但这是专家的要求,而且我一听到她的蹄骨在马蹄里旋转的那种可怕的声音,就觉得,无论如何、不惜一切代价也要把她治好。当然,加百列也跟着我们,他不想和好朋友飞马分开。

经过几次艰难的行走治疗后,我已经开始感到绝望,行走是治疗中重要一部分,可是这几乎没可能做得到。我打算再试一次,而这一次,加百列领头开始行走。飞马乖乖地跟在他后面。令我惊讶的是,加百列带领我们几乎走遍了整个庄园,他变换着不同的路线,大概是为了使这个痛苦的疗程稍微有趣一点。飞马在整个行走过程中完全没有抗议,而她的步态似乎有所改善,说明疼痛减轻一些了。加百列一直往前走,直到我们来到围场的近头,他又带领我们往回走。那之后每一天,当我为飞马套上缰绳,带她来到外面开始行走时,加百列总是会立即过来走在前面,带着我们在整个庄园上走来走去。他一天又一天地坚持下去,直到我告诉他,治疗应该停止了。我深深地感激他在这个过程中为飞马所做的一切,这之中充满了无私的爱,而飞马的确康复了。

虽然加百列已经可以很平静地待在我旁边,但如果我想为他做任何事情,比如为他卸下缰绳或者给他刷刷背,他还是会立即躲远。我和飞马一起接受克莉丝汀训练的一段时间后,我问她能不能也帮助我改善一下加百列的问题。于是她和加百列一起在中央围栏做了一次同伴行走课程,这个围栏足够大,如果加百列不愿意靠近人的话,可以离她稍微远一点,但比起在牧场里还是要近一些。理想的情况下,我们应该在牧场里完成这个课程,这样,与人类交流互动就能够真正成为加百列自己的意愿,但由于时间关系,我们只好选择了面积较小的区域。我从谷仓里看着他们,这样加百列就不用一直对我们两个都保持戒心。

克莉丝汀训练马的时候,如果马完成了她期待的行为,她会给一点奖励,就是放松牵绳上的力量。而对于加百列,她稍作调整,所给的奖励是减少距离所带来的压力。所以,当加百列转身躲远她时,她就偏靠近过去。如果他肯面对她,她就后退一步。如果他朝她走近一步,她会再后退一步。加百列上前几步后又会再次躲远,他们就在畜栏内一次次地重复这个过程:她快步朝他走过去,直到他转身再次面对她。

加百列终于停了下来,允许她接近。她抚摸着他的脖子,轻声对他说话。然后,她慢慢伸手开始解下他的笼头。笼头那么长时间一直戴在他身上,搭扣都变得僵硬了,令我感到惊讶的是,加百列安静地站在那儿,任她慢慢解开。过了几分钟,我才明白这究竟是怎么回事。克莉丝汀伸出手,掌心上放了一片苹果,但加百列却不肯笑纳这通常来说的美味款待,甚至一直举到他嘴边,他仍然不肯吃。就在那一瞬间我明白了,她早已逃离自己的身体。他走来走去,一直希望能摆脱囚禁,但他终于意识到这不会结束,所以他放弃了,他的意识逃离了自己的身体。我站在畜栏另一侧的围栏外面,我可以清楚地看到,他的心早已经不在这里。

任何了解动物的人,都知道他们是无比当下的存在。他们非常擅长"此时此地"之道。与人类一样,精神创伤会使他们的意识逃离身体。几年后,我才发现,除了加百列曾经历过的一切之外,在他第一次来到新家之前,曾经整整一个月都被拴在木桩上。这是一名兽医给出的馊主意,以为这样就能让野驴变得听话。加百列意识到自己无处可逃,就再也承受不住被拴在木桩上的恐惧,他感到无助,内心无比脆弱,食肉动物或人类随时可能前来,而他完全无力反抗。在这种恐惧之下还要生存下去的唯一方法,就是让意识逃离身体,这与人类在心灵面对难以忍受的情况下所采取的应对机制是一样的。从那时起,一旦遇到无处可逃的状况,加百列就会变得极为恐惧,然后他的意识就会逃离身体。

我站在围栏边,看到加百列的心仿佛已经飘远,我觉得自己的心都要碎了。我跨过围栏,直接打开门把他放了出去。看着他远远跑开,我心里也稍微轻松了一点,至少他不用再戴着象征束缚的笼头。

在那之后,我继续使用从克莉丝汀那里学来的方法帮助加百列,但也根据他的情况做了一些调整。我们改在开阔的空地上,而非狭窄的围栏里,我面对加百列,朝他伸出双手。当他看着我时,我会后退一步。就像克莉丝汀训练他的时候一样,加百列看到人类居然会主动远离他,而非侵入他的领地,感到十分吃惊。他禁不住又向前迈了一步。这样重复几次后,我就走开了。我不用了解他早期创伤的细节也能知道,如果我想与他建立信任,就不能侵入他的空间。这样在开阔的空地上进行简单交流,向他传达着重要的信息——他可以自由选择要不要和我建立联系,人类并非总是要强迫他做些什么事情。我每天都与加百列这样交流,直到有一天,他走出一步、又一步,一直走到我面前,用鼻子碰了碰我伸出的手。

回想起来,我一开始就应该让克莉丝汀在大牧场里帮助加百列。一般情况下,她本来都是在大牧场里进行这种训练的。但是冥冥中，那次失败却帮助了我们。通过那次训练的失败，我了解到了一些关于加百列的至关重要的信息，这些信息成了我在那之后对加百列所做的每一件事的启发，并让我们之间更快地建立起了更坚定的信任，这是其他一切都不可能做到的。

从那时起，每当我发现他的意识好像又要逃离身体时，我会对他说，"留在我身边，加百列。留在这里。一切都会好的，没问题的。让我们一起留在这里吧。"只有当我以某种方式向他施加了压力时，他才会变成这种游离状态，例如，把他拴住为他修整蹄子，或者把他的笼头套回去。我总是利用后退的技巧，先花一段时间来安慰他，所以直至我为他套上笼头时，虽然他会因为曾经的恐惧记忆而浑身颤抖，但大多数时候，他还是能够身心完整合一地留在这里。然而，在修整蹄子的时候，我的安慰却不足以使他的意识留下。

飞马到来之后，蹄铁匠每八周过来一次，这是马匹修剪马蹄的标准时间安排。修剪驴蹄可以不必这么频繁，尤其每次给加百列修剪的过程又是这么折腾人，次数就更少了，间隔时间也更长。有一次，当我打电话为飞马预约修剪马蹄时，平时合作的蹄铁匠没有回我的电话。他一向的习惯就是磨磨蹭蹭到很久之后给我回电话，到了约好修剪马蹄的时间，也是经常会迟到，有时甚至会比说好的时间晚一个多小时，而且他也不会打电话告诉我自己要晚一点到。这使我感觉抓狂，本来，为加百列修剪蹄子对我来说就是一次折磨。看着充满恐惧、浑身颤抖的加百列，这一切也使我感到痛

飞马和加百列,一对灵魂伴侣。

加百列,一个深富勇气、友情、幽默的生命。创伤没能击垮他。他的故事,也许也是我们许多人的故事。

作者摄

苦,每一次完全结束之前,我都无法感到轻松。所以,当原来的蹄铁匠玩失踪的时候,我正好逮住机会换个人。而新的蹄铁匠,带来了完全不同的体验,对加百列和对我本人来说都是如此。

这位名叫克劳德的蹄铁匠真是上天赠给我们的礼物,他总是准时到达来帮助动物们。他是一位优秀的蹄铁匠,精通这一行当,看着他工作,我才第一次发现,原来修剪马蹄还可以这样进行,不仅仅是修蹄这件工作本身,还包括与动物相处的方式。他一辈子都和马匹在一起,从而能够以一种自然轻松、充满自信、有板有眼的态度与马匹相处。他为飞马修剪完马蹄,然后看向站在围栏另一边的加百列,加百列退开了一点,在安全距离之外牵挂地看着他的灵魂伴侣飞马。"他的蹄子真的需要修剪一下了。"克劳德说。"我知道,"我感叹道,"但他很野性,我可真对付不了他。"我告诉他,其他的蹄铁匠都是先给他打镇静剂才能工作的。他说,没有必要那么折腾,下一次他来为飞马修剪马蹄的时候,也会顺便修剪一下加百列的蹄子。

两个月后,约好了蹄铁匠要过来的那天上午,我为加百列套上笼头。飞马和他一起待在围栏里,我又用后退的技巧安慰了一下他,最近,让他平静下来几乎已经变得容易了。我打算先为飞马修剪马蹄,然后就是加百列。我在加百列的笼头上又系了一根牵马绳,克劳德到达之前,就让他拖着绳子在小围栏里自由转悠。

克劳德开始干活,他拉紧加百列笼头上的绳子,让加百列转身面对他,然后立即松开绳子,奖励加百列肯听他的话,这么来回才十五分钟,加百列就平静下来了,然后我手里松松地握着拴住他的绳子,让克劳德修剪他的蹄子。克劳德在正式开始修剪之前,先碰碰加百列的后腿,然后又放开,抬起他的蹄子,然后放下来,这一切是为了让加百列先熟悉一下后面要做的工作,以便降低他的敏感性,这一切其实也没花多长时间。我吃惊地看着克劳德的做法。如果从一开始就这样对待加百列,修剪蹄子就不会触发早期精神创伤给他带来的恐惧。更进一步,如果加百列与人类的第一次接触中,就受到这样的温柔对待,那该有多好。

已经修剪到第四只蹄子了,加百列把他的额头搁在我胸口,我用双臂楼住他的头,就好像帮他躲避外部世界。这一次,他的意识没有逃离身体,他转而把我视作一个安全的地方,他愿意到我这里来寻求安全。他完完整整地留在这里。我眼中充满了泪水。这里就是我们的家。

动物教我的事
／忘掉过去、忘掉恐惧／

加百列对我抱有的爱，战胜了他的恐惧，于是他愿意抛开害怕的感觉来接近我，然后以更多的爱回报我。我觉得，这就是我们应该彼此相处的方式。充分展现出你是可以信赖的，对方就会开始逐渐敞开他的心，爱和信任一起呈螺旋状逐渐增长，直到两颗心都完全敞开。

有时候，过去的痛苦和恐惧占了上风，心仍然是关闭的。但是，如果我们愿意面对自己的阴影，我们就可以开始慢慢从沉淀在内心深处的恐惧和痛苦中解脱。如果我们不能忘掉过去，也就无法付出完整的爱、无条件的爱。

在我遇到加百列之前，我已经在自己的阴影中挣扎了很久，但仍然尚未完全解脱。所以，当他的意识逃离身体时，我才能看得出来，因为这就是我在自己的生活中经常会做的事情。其实，当我对他说"留在我身边"的时候，我不仅仅是在这样告诉他，也是在这样告诉我自己。我和加百列一起慢慢痊愈。他充满爱的精神令我敬重，尽管人类的行为曾经为他带来痛苦，但他对于其他动物和对于我，却总是能够一直付出如此多的爱。他是精神上的胜者。

加百列克服了巨大的恐惧，与我心心相通，而在这个过程中，也让我学习了他是怎样做到的。总是有越来越多的事情需要忘记——人类总是太善于牢记过去——让爱和恐惧的天平倾向于爱的一侧,这就是疗愈之路上的关键所在。然后,爱会自然而然地成倍增长。更坦率更轻松地敞开你的心,不要再因为害怕那些恐惧的事物,使自己内心充满恐惧,而是去爱其他人、其他生物,让自己内心充满爱。付出更多的爱,也被更多的爱包围。

如果我们无法忘掉自己的痛苦和恐惧,就无法清楚地了解自己或者其他任何人,而其他的人或生物,也无法了解我们真正的样子。如果我们能够不再陷入阴影,我们的精神美丽光彩四射,向彼此完全开放,也许我们就能够真正了解对方。我们的保护区中越来越充满了爱的氛围,我也一点一点地看到真正的加百列,当恐惧和爱的天平倾向爱的一侧时,我高兴地看到,他完全展现出完整的自我——强壮、聪明,很谨慎也很好奇,爱好乐趣,具有幽默感。

有一天,我看到加百列在牧场上与一只雌鹿玩耍,她似乎也把这个保护区视为自己的家。他们轮流互相追逐着,看起来就像小孩子们的捉人游戏。一开始由加百列来当捉人的"鬼",然后换鹿来追。等他们厌倦了这个游戏后,就肩并肩站在那里,友好地打量着彼此。

晚上我会喊飞马和加百列回来,现在我已经不再圈养他们了,每次我一喊,他们就会过来,加百列总是一边跑一边踢着蹄子的后跟,纯粹是为了好玩。我会笑起来为他鼓掌,然后他就做得更得意,而飞马会朝我飞奔而来。加百列显然已经能够完全放松地享受幸福,每天都感觉到越来越多的快乐。

我和加百列还会一起唱歌。当他看到我时,总会嘶叫一声。我则喊他的名字作为回答,调子和他的嘶叫声一样跌宕起伏。他会一直继续叫,我也会继续回应,我们的歌声编织成各种各样的协奏曲。

动物使者保护区中汇集了越来越多的真正和谐的爱,这就是爱的真谛。

一天早上,我向窗外望去,看到夏洛特靠在加百列的前腿和胸口上,加百列则闭着眼睛,下巴搁在她毛茸茸的背上。很长一段时间他们就那样站着,一起舒服地沐浴在清晨的阳光中,这是一幅完美的画面,上面描绘着平和、爱和坦然。

4　鹿

春去夏来,在牧场里和加百列一起玩捉人游戏的雌鹿和我们更接近了。我认得出是同一只鹿,因为她的右耳有个小缺口。有时候她和鹿群一起,在房子旁边的雪松树下午睡,那正是奇迹出生的地方。树荫下很凉快,我还在那里放了一桶水,供雌鹿和火鸡饮用。火鸡们也经常待在雪松树下,他们还喜欢待在露台凉爽的水泥地上,还有供鸟戏水的池子边上。我不想干扰大自然的世界,于是没有去喂鹿或火鸡,但他们还是会过来。他们似乎已经自行加入了这个保护区。

一天早晨,我在纪念花园里看到那只雌鹿。纪念花园是一个埋葬心爱动物的地方,里面种着加州紫丁香和红木林,向去世的朋友致哀。

太阳刚刚升起,她完全沐浴在金色的阳光中,她的名字突然在我耳边响起,清晰得就好像真的有谁念出了这个名字:安琪儿(意为天使)。

夏季干旱的牧场上,食物渐渐变得稀少,我开始在外面为安琪儿留下一些苹果。不知为什么,她似乎没有像以前习惯的那样离开牧场。(鹿如果想离开,可以轻松地跳过围栏,我曾经亲眼见过他们这样做。)我会趁着她不在附近的时候,在苹果树下放一些苹果,因为我不想让她把人类与食物联想到一起,免得使她可能在别的地方落入陷阱。

六月的一天下午,我走到露台上,看到安琪儿正待在附近的梨树下面。自从梨花凋谢,梨子开始结果后,飞马、加百列和绵羊们每天都要来瞧瞧这棵树,希望能在地上找到些果实。安琪儿看起来丰满健康,她慢慢地走来走去,并不过分惊慌不安,但也带着适当的警觉。第二天,我透过厨房的窗户朝外面看去,她正待在房子角落处,月桂树和攀缘蔷薇半遮半掩。她看起来不是一般的发胖,似乎是怀孕了。我猜,这就是为什么她最近多数时间都待在房子周围,原来是为了尽可能安全,她知道自己随时可能分娩,而我是可以信任的。

现在,我经常会梦到各种各样的动物。有时候是住在保护区中的一只或好几只动物,但也经常会出现其他种类的动物,包括熊、海狮、猫、狗、鼠、猫头鹰、鹰、海龟、兔子、负鼠、海豚,甚至河马和骆驼。在我的梦里,有时候动物需要我的帮助,有时候他们为我带来一些消息,也有时候似乎只是来做客——也许他们从其他动物那儿听说了,这里有个新的动物帮助者,于是自己亲自来看看。有一天,我看到安琪儿立在玫瑰花下,那天晚上,她来到我的梦中,还带着两只我曾经见过的最小的小鹿。她似乎想让我看看他们。我在梦里高兴地欢迎了新生的小鹿们,称赞他们是多么美丽,感谢安琪儿能带他们来探望我。直到我醒来时,似乎仍然能感觉出她那种母亲的骄傲。

第二天一整天我都没有看到安琪儿,我不禁猜想,她是不是前一天晚上真的生下小鹿了。我的梦与现实重合了?

两天后的一个早晨,我来到外面的牧场上,想拍摄一些绵羊的照片,突然看到第二牧场的灌木丛中飞出几只秃鹫。我心里冒出一种不好的预感,于是提心吊胆地沿着动物们踏出的小径慢慢走过去,看看是怎么回事。随即我就看到了是什么吸引了秃鹫,一只鹿的尸体躺在灌木丛中,甚至有一部分身体已经被吃掉了。噢,是安琪儿,是那只可爱的鹿。我想要确认一下她的右耳上有没有缺口,但那只鹿是右侧朝下躺着的。

我带着沉重的心情转身离开。在我正要走向第一牧场时,两只美丽的小鹿从树丛中跳了出来,在我前面的道路上跳跃着。他们一起跑向第一牧场的水槽。小小的蹄子,小小的黑鼻子,两只多么可爱的小家伙。这是我曾经见过的最幼小的小鹿——就像梦中那两只一样。是不是安琪儿在死于难产后把这两只小鹿带到我的梦中,请我照顾他们?

我跑进屋里,打电话给野生动物保护中心,想知道我该做些什么。他们把玛乔丽·戴维斯的电话给我,她是幼鹿救援组织的负责人。我一边拨电话号码一边想,能有这样一个组织致力于挽救幼鹿,可真了不起!玛乔丽亲自接的电话,她听我说明发生的事情之后,告诉我,她和一位助手会马上过来了解情况。大约上午十点,她们就到了。

玛乔丽第一件事情就是去看鹿的遗体。在丛林中,我把那只棕色的鹿指给她看,她身体的颜色融入周围的灌木丛中,很难找得到。玛乔丽已经八十三岁了,她低头躲开树枝,几乎是匍匐着来到鹿的旁边。她坐在旁边,用一根小棍戳了戳鹿的肚子,看看周围是否还有幼鹿的遗体,或者有没有什么迹象说明母鹿还生下了其他幼鹿。我告诉她,三天前我还看见过安琪儿,她看起来像是怀孕了。但玛乔丽说,根据我对那两只小鹿的描述来看,他们至少已经生下来一个星期了,甚至可能多达十天。她抬起鹿的右耳给我看。我也告诉过她那只有缺口的耳朵。我的心再次沉了下去——有个缺口,没错,就是可怜的安琪儿。

玛乔丽解释说,表面上看起来像是怀孕了,实际上可能是由于健康问题导致腹部肿胀,或许是分娩后患上了并发症。这是一具新鲜的尸体,她告诉我——还没有出现蝇蛆,大脑也还没有被吃掉。她解释说,秃鹫会最早吃掉大脑。她对于大自然的这种直接了当的态度给我留下了深刻的印象。即便在乡村生活中浸染已深,可是想到蝇蛆和被吃掉的大脑,我仍然觉得有点反胃。

接下来,我们要设法抓住幼鹿。玛乔丽有一整套方法来照顾失去母亲的幼鹿,直到他们长到能够自己存活下去,到时再让他们回到大自然的栖息地。她的方法会让小鹿在野外生活,这样以后的生存也不会受到影响。

小鹿们已经穿过大门跑到了谷仓那里——真难以置信,他们是那么小,刚好能够通过大门金属栅条之间的小空隙。他们一起站在围栏边的忍冬旁边,看起来似乎有点茫然,不知道接下去要做什么。

玛乔丽、她的助手,还有我,一起安静地慢慢接近小鹿,以免惊扰到他们,最终成功地将其中一只小鹿赶进了第一牧场,而他的姐妹沿着围栏外,孤零零地跑向了第二牧场。我们听到她在黑刺莓丛中哭叫——她的声音有点像小猫,也有点像兔子。我们很快就发现,抓住任何一只小鹿都是不可能的。最后我们只好让他们两个都回到第一牧场,先让他们待在一起。玛乔丽说,她会为我提供奶瓶和食物,看来我只好用奶瓶喂他们了。"他们饿极了的时候,就会径直跑向你,吮吸你的手指。"她告诉我。

玛乔丽得出结论说,这确实是安琪儿生下的小鹿,因为他们一直想回到她的遗体那里。玛乔丽也觉得,安琪儿肯定是出了什么问题才会留在这个庄园里,因为对于鹿来说,这里并不算是很好的栖息地——没有足够的食物,没有橡树,而橡树叶是他们主要的食物之一。鹿不会啃草吃,她补充说,即使鹿看上去像是在吃草,他们实际上是在吃草丛之间的小植物,而不是草本身。

玛乔丽离开后,那一天剩下的时间中我试了无数次,想让小鹿靠近过来,好用奶瓶喂他们,但一直没能成功。虽然他们不肯让我太接近,好奇地盯着我看,倒是显得一点都不害怕。我担心他们可能脱水,后来看到他们会自己从水槽中喝水,才稍稍放下心来。可是他们还太小,消化不了树叶和其他植物。他们一直没有进食,玛乔丽说,这样下去他们恐怕活不了多久。她觉得最好还是把这两只小鹿带到动物保护中心那里,才能好好安顿他们,于是她又过来一次,希望能抓住他们。这次结果也一样,小鹿轻松从我们手中逃脱,我们一筹莫展。玛乔丽吃惊地直摇头,这两只小鹿还真是精力十足。

我们又试了第三次,总算把雌性的幼鹿赶进了谷仓里。玛乔丽让我进去抓住她。小家伙跑来跑去,努力想逃开,她小小的鹿蹄在木地板上还直打滑。我抓住她,她发出一声令人毛骨悚然的尖叫声。我便放开了她。我想,这样的声音可能会让捕食者吓一大跳,这倒是一种很好的防御机制。玛乔丽提前告诉过我,要把我的整个身体都罩在幼鹿上。我现在的姿势就像一种叫做"熟睡孩子"的瑜伽动作。我把小鹿放在我的双腿之间,用胸口覆盖住她,但一点也不会压到她。她尖叫得更厉害了,我默默地向她传递心语:我是你母亲的朋友,我是来帮助你的,现在我们要喂你食物,不要怕,我们会把你的双胞胎兄弟也带来和你在一起。

玛乔丽拿着一个携带狗狗出门的箱子进来,我把小鹿放在底部的软衬毯上。玛乔里用一条毯子盖住了携带箱,告诉我说,如果小鹿看不到逃出去的路,就不会一直踢了。我们把她带出去,放在玛乔丽的卡车上,计划第二天再想办法抓住她的兄弟。

那天下午,我一直忍不住走到外面去,希望能看到她的双胞胎兄弟。要知道他一切平安,我才能放心。但一下午我都没能看到他。直到黄昏的时候,他的身影终于出现了,看起来并没有因为之前的经历而受惊,只是在冷静地觅食,或者至少表面上是这样。我试图把他赶回第一牧场,他却一跃消失在灌木丛中。

第二天早晨,我问了问那只名叫"麻雀"的颇通人性的虎斑猫,怎么才能接近小鹿。又向安琪儿祈祷,希望她能帮我接近她的孩子。我走向第二牧场,没走几步,突然看到雄性的幼鹿正走在我前面——居然跟在一只母鹿后面!难道那是安琪儿?我还没能看清她的耳朵,他们已经消失不见了。

我匆匆赶回家里打电话给玛乔丽。"把小鹿带回来吧!"我告诉她,"鹿妈妈还活着。"

这就解释了为什么当玛乔丽想要喂她抓住的幼鹿时,那个小家伙总是拼命踢着小蹄子反抗,不肯吃。她的力气大得令玛乔丽感到惊讶——怎么会这样呢?幼鹿已经长出了后磨牙,这意味着她至少有两个星期大。不管鹿妈妈把它们藏在哪儿,小鹿隐蔽了两个星期,那之后才开始跟着母亲到处跑。

所以,这两只小鹿并没有失去母亲。玛乔丽总是告诫人们不要把小鹿从发现它们的地方带走,因为他们的母亲可能只是离开一小会儿去觅食。不过玛乔丽安慰我说,我们这次情况比较特殊,确实一切迹象都显示小鹿是失去了母亲的。她马上把小鹿带了回来,我们高兴地看着雌性幼鹿从携带箱里一跃而出,跳进了灌木丛中。这天下午,我看到两只小鹿待在一起,在草地上一点点咬着植物。虽然没有看到母鹿,但我想,她肯定就在附近的什么地方。

我有点后悔我们对小鹿所做的事情,但当时他们一直想回到死去的母鹿旁边,谁能想到那并不是他们的母亲呢?从这次的事情中,我学到了很多东西,不管怎么说,至少结果是好的。

但事情还没有结束。

三天后,我正坐在办公桌旁边,母鹿和两只小鹿刚好从窗外的牧场上走过。我跑去找来望远镜,仔细观察母鹿的右耳。那是安琪儿没错!

所以他们确实是安琪儿的孩子。另一只鹿肯定是专程来到保护区等待死亡的——这里是一个平静安宁的地方,正适合走完生命的最后一程。一模一样的带有缺口的耳朵,那只是上帝跟我开了个玩笑?是他变的魔术?我不介意成为上帝开玩笑的对象,尤其是这位魔术师最后把安琪儿为我们送了回来。

她没有死。她愿意生活在这里,即使这里作为鹿的栖息地也许并非最佳选择。如果她想吃橡树叶,可以跳过围栏去别处觅食,而其余时间,她可以在这绝对安全的八英亩牧场上自由徜徉。

小鹿的到来改变了一些事情。那之后,安琪儿和她的孩子成为长期住户,而且像其他动物一样,当我路过时,他们会抬起头打个招呼,或者只是好奇地看看我,然后镇定地接着做自己的事情:母鹿继续进食,小鹿继续玩耍。

白天,小鹿似乎无处不在,刚刚在庄园的某个地方看到他们,当我随后走到另一个牧场时,他们又变魔术一般出现在那里,就像两只小精灵。晚上,当我招呼其他动物回来时,鹿往往还站在茂密的黑莓丛中,继续享用树叶的美餐。一天晚上,这两只小鹿走进了我的睡梦。我们一起走过一间大学校园,两只小鹿分别跑在我的两边。我的两只手分别搁在他们的背上,他们冷静沉着,仿佛知道我会保证他们的安全。醒来后,我觉得动物使者保护区就是那所校园,而我则是其中的学生。

小鹿出生后大约两个月,在八月初的一天,我看到了一幅令人吃惊的景象。在金色的牧场上,安琪儿和四只小鹿在一起!他们一起愉快地觅食。四只小鹿几乎一样大小,显然是一起出生的。

这次小鹿冒险记的事件,又发生了一次大转折,我惊叹了一会儿,然后打电话给玛乔丽分享这个消息。她也十分惊讶,细想之后,她认为死去的母鹿应该才是前两只小鹿的母亲。不过她也不明白,这两只幼鹿是怎么活下来的。我问她是不是有可能是安琪儿喂养了他们,她说这恐怕不太可能,并且解释说,母鹿不会照料别的鹿生下的孩子,因为她的奶水只够喂养自己生下的小鹿。母鹿的奶水不会自动增多以满足多出来的小鹿的需求。

但安琪儿是一位很了不起的鹿妈妈。我敢肯定,是她养育了所有四只小鹿。现在,小鹿已经长大了一点,可以自己吃东西,我也可以帮帮她,为她亲生的孩子和收养的孩子们提供一些葡萄枝、苹果和橡树叶,直到他们长大到能够跳过围栏自己觅食。

每天,我都会看到安琪儿和四只带斑点的小鹿,他们在房子旁边雪松的树荫下安宁地休息,也有时候,在金色牧场上的灌木丛周围,四只小鹿充满青春活力地互相追逐打闹,而安琪儿在附近安详地进食,这一幅幅画面都令我心中充满幸福。

夏天结束的时候,秃鹫和太阳早已完成了它们的工作,我费劲地钻进灌木丛中,想看看死在那里的母鹿。她的尸体已经骨骸四散,但她完好的头骨搁在地上,就好像被人虔诚敬献在那里。我把她的头骨带回家里,等日晒使它褪去颜色后,把它放在我的动物祭坛上。

在随后的几年里,我开始参加附近小镇里一位拉科塔苏传统医女每月举办的汗水小屋仪式。这是一种类似于去教堂的祈祷仪式。是由一位教友派信徒提出的,后来成为盖亚圈的一部分(盖亚是土著人宗教传统中常见的土地女神),进行冥想时我立即有所体会,并很快加入了这个社团中。小鹿冒险记之后的几年,我与另一位拉科塔苏医女一起,为一次妇女静修仪式做准备。我考虑着要用什么作为最后的礼物,突然意识到,是时候把鹿头骨送给合适的人了。我用红布把它包起来,这种传统仪式中的礼品或者供品都是这样包好的。每个人都带来了一件礼物,放在仪式圈中心的地板上或者毯子上。第一个人选择一份礼物,然后,把这份礼物带来的人走上前选择另一份礼物,直到所有的礼物都送出去为止。

后来,收到鹿头骨的女人告诉我,甚至在走到放礼物的地方之前,她就知道,其中那个红布包起来的礼物是给她的,尽管她还看不出里面究竟是什么。当她打开红布时,立即就明白了为什么。她是坡大瓦托米族印第安人的一名雷族医女,而她的名字,瓦瓦史可史可沃,意思是白尾鹿女人。我们坐成一圈,她正坐在我的对面,我看着她把鹿头骨抱在膝盖上——她虔诚地把它放在红布上,开始用神圣的鼠尾草为它做些装饰,我可以看出,她与那只鹿的灵魂之间建立了强大的联系,她极为珍惜这份鹿医的珍贵礼物。一想到从现在起,母鹿将成为瓦瓦史可史可沃的神圣仪式的一部分,我激动得连心跳也变快了。

动物教我的事
/ 信任 /

　　我有幸学习鹿的生活方式。因为他们信任我,我才能够看到他们真实的样子,而不仅仅是一些符号化的形象:温柔的母鹿、精灵般的小鹿,以及害怕的"车灯前的小鹿"。我了解到,鹿是精神的勇士。他们不仅仅有着温柔,也完全不缺少坚定的决心,而且他们知道在什么时候应该表现出哪一方面,什么时候保持安静,什么时候采取行动。就像中国武术中的气功,他们体内的能量循环构成完美的平衡。只有在有必要的时候,鹿才会躲开另一种生物,他们了解自己的能力有多么强大,哪怕才两个星期大的幼鹿也拥有足够的自信,他们总是在恰好的一瞬间跳着跑开,不会太早也不会太晚。他们能够一直保持冷静,直到需要采取行动的时刻,而在这一瞬间,他们会勇敢地飞跃起来,但仍然不会不必要地浪费掉一点点能量。

　　鹿的生活方式告诉我们,表相并非总是真相,温柔的鹿同时也是精神的勇士。

　　当我们之间存在着一种充满信任的关系时,我们就能够展现出最完整的自我。依靠这样的信任,即使是车灯前的小鹿,也能够克服慑人的恐惧,镇静地跑开。依靠信任,我们就能够克服害怕,让别人了解我们的问题,完全敞开自己的心,全方位地展现自己。如果缺乏信任,我们就很难完全表现出自己真正的样子。只有和我们最信任的人在一起的时候,我们才能完完全全成为我们自己。

还有另一种信任，能够增强我们的能力，使我们更加值得他人信任：信任我们的直觉，信任来自更高层次的指到，或者你也可能以其他方式来称呼这种宇宙的智慧，这都是值得你信任的。与安琪儿在一起，我逐渐变得更加信任来自上天的指引。我在与自然沟通的道路上，已经走过很长一段，但与安琪儿并肩而行，使我进一步了解到大自然的奥秘。我在牧场上漫步，环顾四周，马、驴、羊、鹿的一家，多么令人惊叹的动物们，现在，我与他们共享一个家园，我开始相信，在我们共同的旅程中，我将被引领着走向自己的目标。

关于自然奥秘与现实生活之间的关系，就像其他动物一样，小鹿也给我上了一课。我不能只满足于在冥想中与他们进行神秘的沟通。当小鹿长大后，已经可以跳过围栏了，虽然安琪儿一直来来去去，不会长期停留，但几只小鹿很少离开。在冬季还好，牧场里有着丰盛的植物，但在干燥的夏季，他们就会面临食物不足的问题。他们总是饥肠辘辘，于是会沿着围栏走来走去寻找食物，虽然以前我每次喂他们，明明都是在外面的牧场上，但他们不知怎么的，自己明白了围栏里面就是食物的来源。这令我学到了一课，喂养野生动物可不是一种合适的做法。他们在小时候，还没办法自己觅食时，就已经习惯了我为他们提供的食物。到了后来我就没有选择了（总不能让他们挨饿吧），但我不想鼓励这种依赖性。如果庄园周围没有围栏，我不再为他们提供食物的话，他们可能会一边觅食一边渐渐走远,离开这里。但实际情况却是,围栏充满了诱惑力,使他们一直留在这里。

我打电话给玛乔丽,问她我应该怎么做。她告诫我说,把野生动物养在围栏,那可是非法的。"但我并没有这样做,"我辩解说,"他们很容易就能跳过围栏。"她告诉我,我必须得让他们离开,把他们带在围栏外面,然后关上大门。我满心烦恼,可又不得不听从她的建议,我把飞马、加百列和羊群们先关在第一牧场,然后打开了车道另一端的大门,让门整夜开着。小鹿们(现在已经是大鹿了)却没有离开。最后,我只好在门外放了一些苹果,吸引他们走出去。我在他们背后关闭了大门,这感觉就像是我出卖了鹿对我的信任。我讨厌让他们进入外面危险的世界中,可是这八英亩庄园却不足以令他们维生,能有什么办法呢。小鹿们在大门外停留了两天。也许他们会偶尔走开一下再回来,但每次我望向那边,都会发现他们还待在那里。我通过心灵的交流与小鹿们沟通,告诉他们,我不想和他们说再见,但我们不得不告别,因为这里无法为他们提供足够的食物,要与他们分离,我真的感到非常非常的难过。真希望我们的保护区是一个尽可能大的地方,能够永远为愿意住在这里的所有动物们提供他们所需的一切。最后,小鹿们终于放弃了,离开了。我看着他们渐渐走远,感觉更加悲伤。

他们只要跳过围栏就能回到保护区,也许,随着冬雨来临,绿色植物再次郁郁葱葱的时候,他们也就回来了,但我们已经不会再像以前那样亲密。安琪儿仍然时不时路过,有时会与其他鹿在一起,也许她的小鹿也在其中,但我现在会一直与他们保持距离,使他们一直处于野生状态。

因为信任,我们会为了对方的最高利益着想,即使这样做会令我们感到痛苦。

第一次飞翔

我正等着卡车的到来。他们已经比预计迟了几个小时,天色越来越暗了。新闻工作人员从中午开始就等在那里,虽然已经告诉过他们,卡车最早也要下午五点才能到,可是他们还是一直等着。记者说,他们拍好故事之前是不会离开的。我被他们的坚持深深打动。显然,他们也是爱动物的人。

我们所在的是一家大农场。这里是一个动物保护区,我刚开始在这里做志愿者,想进一步学习怎样更好地照料农场动物和禽类。我们已经等了很久的那辆卡车,正要带来从圣克鲁斯东边一家商业产蛋农场救出来的母鸡。卡车载着活物,速度就会慢下来,路上需要三个小时以上,而一路上还不时地遇到人道协会和其他救援组织请他们收养其他一些小鸡,时间越发拖得更长了。

卡车终于抵达的时候,已经过了晚上九点,后面还跟着一辆皮卡。我们借着卡车前灯的光线,把母鸡卸下来,带到临时鸡场:一个大围场,用铁丝网围住两侧和屋顶,以阻挡栖息游荡在山头的猎食动物们,围场的一部分盖上了柏油帆布,遮出一些阴凉,上端还有一个木制鸡舍。地面一半覆盖着干净的秸秆和木屑,另一半就保留泥土地,母鸡可以在这里刨土、享受土浴。好多个满满盛着饮用水和粮食的碗,正等着欢迎新的来客。

最初预计大概不到五百只鸡,但一路增加,实际到来的已经多达七百只以上。那天,工作人员和来自其他机构的志愿者们花了好长时间在肮脏的工厂里把母鸡从叠了三层高的鸡笼里取出来。他们带了许多大型金属板条箱和塑料的狗狗出门携带箱,但这些容器很快就已经装满了,后来救援人员就把母鸡装进纸板箱。我数了数,一个板条箱里有三十六只母鸡,而一个纸板箱里有十五只。当我们打开箱子时,母鸡们都不肯出来。当时我以为,这是因为她们除了笼子完全不了解外面的世界,后来我才知道,还有一个原因是天已经黑了,到晚上,母鸡都会蹲下来休息。

我们尽快行动,让所有的鸡从箱子里出来。我伸进手去轻轻拿出来一只母鸡,小心地把她放在鸡场地面上,再去抓下一只。我一遍又一遍轻声说:"欢迎开始新的生活。你现在很安全,未来将是美好的时光!"看着这些母鸡们在地面上迈出第一步,我心里充满了感动。她们原来一辈子都住在铁丝笼里。那种笼子被称为电池笼,底部是倾斜的,这样,母鸡生下的蛋就会自动滚进笼子下侧打开的一个洞,然后再滚进传送带。在产蛋业中,这是标准的做法。母鸡们从来没有见过自己的蛋(一般的母鸡本来会保护自己的蛋),从来没有出去过,她们被关在只能勉强转身的狭小笼子中,根本没有空间伸展自己的翅膀。当她们还是鸡雏时,尖尖的嘴就会被切断,这样,等她们长大以后被装进一个狭小的笼子里,他们就不会互相啄闹。

这些母鸡有十八个月大。她们产蛋全盛时期已经过去了,所有的160,000只鸡都将被宰杀。农场的新主人关闭了产蛋工厂,请救援组织能带走多少只鸡就尽可能带走,剩下的都将被送往屠宰场。

母鸡在产蛋厂里的生活,除了食物和水,完全不会获得别的照料。有些商业化产蛋企业至少还会把死鸡从笼子里拿走,可是这家工厂,救援人员在慌乱的活鸡中看到了许多死鸡,甚至还有一块一块的死鸡尸体。下面两层笼子里的母鸡,身上都沾满了粪便,掉了太多羽毛,最底层的母鸡状态尤其糟糕。救援人员没有从底层笼子里带出太多母鸡,因为他们觉得,这些鸡恐怕很难活下去了。一名救援人员说,要选择哪些鸡可以活下去,哪些只能死去,这真的很难。她说,她参加了许多次动物救援工作,但他们通常都会努力拯救每一只动物。下面笼子里的母鸡们眼巴巴地看着他们把上面笼子里的鸡带走,这感觉实在是太糟糕了。

就算是被他们带出来的母鸡,样子也够凄惨的。大多数母鸡都非常瘦,其中许多已经掉了大量羽毛。所有鸡的鸡冠都是淡粉色,或者几乎是白色,浮肿而且耷拉着,说明她们严重营养和阳光。所有的鸡爪都太长了,几乎长到七厘米以上,当我们把母鸡放在地面上时,她们连走路都困难。一般来说,母鸡刨地找虫子和其他食物时,会把鸡爪磨短,但这些一辈子生活在笼子里的母鸡,却没有这种机会。

总算,所有的板条箱和纸盒都空了,所有的母鸡都被送进鸡场,我们坐在鸡场前面的干草捆上,继续借着卡车前灯的光线,为几百只母鸡修剪鸡爪。当我们工作时,大部分母鸡都挤作一团。但也有一些,似乎明白自己已经获得自由。她们从我们放在鸡场边上的水碗里尽情地喝水,然后跳进去,在水里扑打翅膀。一位工作人员告诉我,鸡和火鸡都喜欢玩水,使用软管在禽园里洒水时,鸡、鸭、鹅都会一起跑来,在水流的小溪中嬉闹。而在产蛋工厂中,母鸡必须在一个红点上啄一下,才能获得一滴水。

在这里,有些母鸡一辈子第一次玩水,另一些正在刨土,恐怕也是第一次尝试。还有一些伸直了自己的翅膀,一遍又一遍地拍打着,就好像她们仍然无法相信,现在自己真的能够做到这一点。然后,有些母鸡甚至跳着飞起来一点点,这是她们生活中的又一项初次体验。我们用一块浅凹地为她们盛满了水(以前有只圆滚滚的猪住在这里,这里是他打滚的泥槽),好几只鸡都开始迷上从水池这边起飞,扑腾到另一边的地上,或者落到下面的水里。我喜欢看她们站在水里。我几乎可以听到,这些以前只能站在金属条上的母鸡,正感叹着这种美妙的感觉:"啊,好舒服!"

  一只母鸡从我们坐着的干草捆边上跳下来,舒舒服服地卧在旁边的一件绒衣上。另一只母鸡也跑过来,靠在一位正在修剪指甲的工作者旁边。她很长一段时间都紧紧挨着人待在那里,然后又爬上另一个人的膝盖,依偎了一会儿。对于母鸡们来说,这一切都是全新的体验,对于我们来说,其实也一样。这种全心信任的表现和愉快的彼此接触,令我们都十分感动。

  当我终于离开时,已经过了午夜。新闻工作组早就走了,他们终于拍到了一个很棒的新闻故事。我离开鸡场时,有些母鸡还醒着,正好奇地探索着新的自由生活,但大多数已经挤成一团,甜甜地入睡。

  第二天早晨,我回来继续给她们剪指甲。我们希望能够在下一批母鸡抵达之前把这些工作全部完成。救援活动仍在继续;最后全部结束时,母鸡们的数量将达到两千只之多。当我到达保护区时,母鸡们正第一次沐浴在阳光的照耀下,尽情享受着土浴,这是鸡的生活中另一项最基本的活动,但对于她们来说却是一辈子的第一次。我一个人站在鸡场中,看着这些快乐的母鸡,觉得自己的眼睛都不够用了。有些母鸡舒舒服服地趴在阳光充足的土场中,时不时扇动翅膀,让灰尘覆盖全身,看上去全然忘我。另一些则不停地咯咯叫、跑来跑去、刨土、啄食、饮水、把水溅起来、拍打翅膀。她们对于自己的获救显然非常兴奋,正在一项一项尝试鸡的生活中每一个方面。

  我给她们修剪指甲的时候,把每个小小的身体放在我的腿上。她们一个个瘦成那个样子,令我忍不住想哭。一开始,当我

得救的母鸡们,生命中,第一次土浴、玩水,甚至尝试飞翔……

Marji Beach 摄

让母鸡翻过身来，背朝下躺在我的腿上的时候，母鸡还会挣扎一下，但随后她就把小脑袋靠在我的胃部，眨巴着眼看着我，乖乖让我修剪指甲。有时候，母鸡会用爪子紧紧抓住我的手指，脚上的肉垫压在我的皮肤上。我就顺势停下来一会儿，感受着这个小家伙身上传来的一股甜蜜。我看着她亮闪闪的眼睛，我们就那样凝视着彼此。我从来没有这样仔细看过鸡的眼睛，但就像看着任何人的眼睛一样——那是她灵魂的窗口。

就像人类或其他任何生物一样，有的喜欢扎堆儿，有的喜欢独行，爱做什么就做什么，爱去哪儿就去哪儿。当我把修完鸡爪的母鸡重新翻过来时，有些鸡拍打着翅膀跑远了，也有一些没动。我把那些愿意继续待在这里的她们一只只抱起来，挨着自己心脏的地方，向她受伤的灵魂传达着爱和呵护。有些母鸡愿意一直这样待很长时间，甚至打起盹儿来；也有一些很快就动弹起来，我会立即把她们放下。她们已经被禁闭了那么长的时间。从现在起，她们可以自由选择要如何度过自己的时间！

让我高兴的是，这个保护区聘请我帮忙照顾这些母鸡。现有的工作人员，要照顾目前住在这里的三百多只各种农场动物和禽类，就已经够忙的了。新来了七百多只鸡把鸡场填得满满的，照料她们是一项长期而辛苦的工作。我花了整整两天时间清洁、喂食、添水。随着一天天过去，看着母鸡们越来越能够表现出自己的天性，真是一种享受。我干活的时候，她们开心地在我周围跑来跑去，有时候刚好半路碰到我，还会好奇地啄啄我的靴子。有些母鸡的鸡冠颜色开始变红，已恢复得昂扬抖擞。羽毛也开始重新生长出来。

母鸡们必须学会怎样像一般母鸡那样在树枝上栖息。我们把一些粗树枝放进鸡场里作为母鸡栖息的地方,她们本能地开始试着立上去,但往往会不断前后摇晃,就像人试图恢复平衡、不要从圆木上掉下去那种样子。也许在长期的监禁之后,她们栖息时必须用到的肌肉已经退化了,需要锻炼。不管怎么说,母鸡们是花了很长时间才重又能在树枝上站稳。

这些母鸡们在夜里不但会挤作一团,往往还会爬到别的母鸡上面,她们也必须学着克服这个习惯。每每刚到黄昏,她们就开始聚在一起。我们担心,被压在底层的鸡恐怕不到早晨就会窒息。鸡舍不够大,住不下这么多鸡。可是她们一只只全部都想挤进去,里面已经拥挤到危险的程度。我们很担心会发生大规模的窒息,于是只好让她们全部出来,关闭进入鸡舍的门。晚上,我们会在鸡场的四周放一些只有一半的狗屋,打开的一面朝下,作为一些小房子让母鸡睡觉,然后再巡视一个个狗屋,把一些鸡换个地方,以防止过度拥挤。一开始她们还会到处跑,但随着夜色越来越深,往往就会安静地待在我们把她们放下的地方,很快整个鸡场都变得静悄悄的,大家都睡着了。

在保护区的禽园里,长期居住着火鸡、鹅、鸭,还有鸡。晚上,他们全都聚集在一起入睡,完全不觉得这有什么问题。夜里,所有的家禽都在一个大棚子里栖息,每一只都会找块自己的地方——房椽上、栖木上、墙边、干草捆、刨花堆。某几只可能会比较亲密地挨在一起,但不会十几只全部挤在一起。新来的母鸡被迫在工厂中生活了那么长时间,以至于偏离了自己的天性。虽然她们这种叠起来睡觉的习惯正在慢慢得到改善,但也花了几个月时间才真正改变,从叠成三层变成两层,再变成只有一层,可是仍然挤作一团。我们把一半母鸡从鸡舍转移到禽园里,但她们在大棚子里也一样会聚集起来。最后起作用的还是时间,她们在棚子里逐渐分散开来,最后,有些母鸡开始自己在栖木上过夜。

我在禽园干活的时候,经常与几只火鸡在一起,他们是被从一家火鸡养殖场救出来的。他们的一部分喙也被切掉了,这样就无法互相啄闹。这些白火鸡长着玫瑰红色的头部,颜色深浅会随着他们当时的情绪而变化,越深的红色表示越快乐。他们很好奇,喜欢与人类互动,无论是在禽园里照顾他们的温柔的工作人员,还是偶尔来到这个保护区的旅游者。有一天,我正坐在禽园里的地上,听一位旅行团领队介绍这些长了羽毛的小家伙。当我转过头时,发现自己正好与一只火鸡大眼瞪小眼,他不知道是什么时候悄悄来到我身边的。我坐在地面上,与他的目光正好在同一高度。他似乎很愿意与我接近,走过来爬到我的腿上。我抚摸着他的羽毛,充满感情地凝视着他的眼睛。就在这时,他突然向前伸过头来,迅速啄了一下我的眼睛,恐怕只有鸡和火鸡的脖子才能有这么迅捷的动作。幸运的是,我反应够快,赶紧闭上了眼睛,所以,他只啄到我的眼皮,但眼球还是隐隐发痛。我只能笑话自己。这件事提醒我,在和谐一致的神秘世界里,也不能忘记现实:在与一只火鸡进行思想沟通的时候,要牢记火鸡对任何闪亮的东西都会忍不住好奇地啄一下研究研究。

回到家里,我常常会得到一只大大的野火鸡的垂慕,遇上他透过落地玻璃门凝视着我的视线。不过,也可能他只是在欣赏自己在玻璃门上照出的美丽影子。他的头红彤彤的,和家养火鸡一样,这样的颜色说明他心情快乐。好几只野火鸡每天早晨都会来到落地玻璃门或者饭厅的玻璃门前。他们有时在门口的台阶上小憩,有时轻轻啄着玻璃门。我并没有用食物喂它们,所以应该是别的什么东西吸引了他们。也许他们以为玻璃上的倒影是另一只火鸡。也许他们好奇,想看看我在里面做些什么。或者,也许他们是想传达给我一些讯息,但到目前为止,我都还没能理解,于是每一天,这一只或者那一只火鸡都会过来再试一次。

在感恩节那天,我和客人们坐在餐桌前享用盛宴,当然不是感恩节火鸡,而是素食的。突然我们头上的屋顶上传来很响的声音。我们透过落地玻璃门看向外面,野生火鸡开始一只接一只地从屋顶跳到露台上,他们简直像是一群感恩节的伞兵。来自城市的朋友们看着这样的景象惊叹不已,这时,厨房门外的露台又传来另一种响声。我跳了起来,我以前听到过这种声音。

飞马爬上了门廊的六层台阶,沉重的步子踏在木地板上,也许她是想过来和我们见面。飞马以前就有好多次走上楼梯,我生怕她下楼的时候会摔断腿,就用绳子拦住了楼梯口。今天是因为有很多客人要来,我把绳子拿掉了。我到工具存放室里去取来马笼头和牵马绳,然后打开了厨房的门。神奇的白马站在那里,以马特有的面带笑容的表情欢迎客人们。

我给她套上马笼头,带她通过铺着地毯的饭厅走向外面的庭院,一路上,客人们轻轻抚摸她,喂她吃胡萝卜,火鸡跳伞兵们在她之前已经来到落地玻璃门外的庭院里。来自城市的朋友们再一次看得着迷。虽然我每一天都与这些动物和禽类生活在一起,他们的存在仍然时常令我惊叹,他们给予我的,总是最棒的礼物。

动物教我的事
/ 尊重一切众生 /

在我撰写的使用天然药物治疗心理健康失调的一系列书籍中,我采访了一位非洲巫师马里多玛,他将达噶拉部落的知识和智慧带给西方世界。当我们谈到美国的各种暴力行为时,他告诉我,达噶拉部落的文化认为,如果人们切断了与祖先之间的联系,社会就不可能健康。马里多玛说,在西方世界,我们很多人因为羞耻和内疚与自己的祖先切断了联系。他举办各种仪式,帮助人们重新建立起与传统之间的纽带。面对自己的祖先时,应该承认和尊重他们,不论其一生事迹如何,这样才能够恢复与他们之间的联系。

我对马里多玛的话一直印象深刻,开始重新与自己的祖先建立起联系,这使我产生了一种从未有过的完整的感觉。(有很多人从东海岸搬到加利福尼亚,以为这样就可以把过去抛开,但那是不可能的。)我也开始思考被切断的联系。我意识到,如果人们与祖先之间的联系被切断了,社会就不可能健康,如果人们与自然之间的联系被切断了,社会也同样不可能健康。我们对于大自然缺乏了解和尊重,于是给地球带来了灾难。人类以前已经做了太多破坏自然世界的事,这样的情况不能再继续下去了,我们必须感觉到人类与大自然之间与生俱来的联系,而不是疯狂地向地球索取,沉浸于自己的欲望,或者根本拒绝承认这种联系。如果我们能够感觉到这种联系，我们就不会滥砍滥伐森林。如果我们能够感觉到这种联系，我们就不会将有毒废物排放到河流与湖泊。如果我们能够感觉到这种联系，我们不会只为了源源不绝地获得低价鸡蛋，让母鸡们一辈子都囚禁在狭小的笼子里。

除了人道主义问题之外，这些残忍的行为还会产生另一种严重问题。即使只是一个多层式电池笼养鸡场，它所产生的恐惧和痛苦的能量，也会使地球的能量场变化，进而对我们所有人产生负面影响。想象一下，农业综合经营中，几十亿只鸡、火鸡、猪和牛每天都过着地狱一般的生活，这会产生怎样的能量效果。

阿尔贝特·史怀哲说："除非人类能够仁慈对待一切众生，否则人类本身也无法拥有和平。"

甘地说："对待动物的态度，反映了一个民族的文明和道德水平。"

比利时、奥地利、瑞典、荷兰和瑞士都禁止使用多层式电池笼养鸡，欧盟也沿用了这项规定，2012年起在整个欧洲都禁止使用这类鸡笼。2008年，加利福尼亚成为美国禁用多层式电池笼的第一个州，在《防止残酷对待农场动物法》中规定，到2015年，蛋鸡、肉牛牛犊和怀孕母猪的饲养空间必须足够他们躺下、站立、充分伸展四肢、自由转身。令人惊讶的是，即使是这些标准——其中仅仅提出了最低限度要求——也必须作出规定才能得到实施。但这仍然令我感到受鼓舞，这显示了我们如今越来越强烈地认识到自己对于其他生命的责任。

如果希望我们与大自然之间的裂痕能够愈合，关键的问

阳光、泥土、阔步的空间,对于一只鸡来说,本应是多么自然的事。

Marji Beach 摄

题在于尊重——要尊重一切众生,包括我们自己。如果我们割断了自己与自然世界之间的联系,那又怎么可能尊重自己呢?毕竟,自然世界也包括了我们自己。如果我们的食物中充满了恐惧和痛苦,那又怎么可能尊重自己呢?如果我们闭上眼睛,完全无视世界各地的人类和其他生命的痛苦,那又怎么可能尊重自己呢?

尊重不仅仅是一种感觉,而是要承认一切众生都有其主权,无论是一只鸡、一个人、一条河,还是一棵树。主权是他们完全以自己的方式存在的权利。人类必须有足够的空间才能作为人生活下去,鸡也一样,要作为一只鸡生活下去,同样需要自己的空间。无论是动物还是人类,都不可能一辈子生活在笼子里。要让河流自由流淌,不被水坝和化学废弃物阻塞成死水。要保护树木的生态环境,使树木蓬勃生长,同时,如果发展农业,要注重可持续性,避免破坏森林。法律界人士发起了越来越多行动来保护大自然的主权,所谓"自然之法",这意味着,一条河与一个人具有同等的权利。

母鸡的生活方式告诉我们,对于一些也许我们从未想过要尊重的事物,我们需要改变想法,尊重世间万物是我们的责任,同时也提醒我们,我们的每一种行为,都有其后果;每一种行为以及随之而来的能量,都会使宇宙的能量场发生变化。在采取行动之前,我们应该扪心自问:这会增加世间恐惧和痛苦的能量,还是增加爱和尊重的能量?

无条件的爱需要尊重,尊重自己也尊重其他生命。如果我们不尊重自己,怎么可能真正敞开自己的心?如果我们不尊重其他生命,那也就不可能尊重自己。尊重并不是要求我们接受对方所有的行为,而是意味着,我们对待其他生命时,应该将对方视为拥有独立主权的存在。我觉得,当面对人类及其(包括我自己)复杂的行为时,只要透过表面看着他们的灵魂,就会更清楚要怎样尊重对方。当我做到这一点时,我的愤怒、烦恼、困扰以及其他负面感觉,这些会对尊重其他生命造成干扰的感觉,就会远远消失,我就能重新找到与他们建立起联系的方法。在灵魂的层面上,始终存在着的尊重,灵魂与灵魂之间,后代与祖先之间,人与鸡之间。

尊重还为我们上了另一课。不要过于主观地判断,避免太早下结论。承认其他生命的主权,也就意味着,我们不能代替他们决定他们是谁。对于农场动物来说,这一点尤其重要。与母鸡们相处的经历常常提醒我,对于某种动物或者具体的某一只动物,我们不能仅仅根据他们在某种环境中的行为就得出结论,说他们的天性就是这样,因为我们把他们养在各种各样的环境中,不同的环境会对动物的行为产生不同的影响。除非我们所提供的环境,能够使动物们完全拥有独立主权,自由自在地过着自己想要的生活,我们才有可能看到他们真正的天性。

在无条件的爱中,蒙蔽视线的偏见消失了,我们能够看到鸡、人、牛或者树展现出各自完整的美丽,即使只是匆匆一瞥,那也是非常幸福的事情。真希望我们每一个人都能体会到这种幸福!

6 / 归属感

我开车到动物保护区去照料母鸡们,半路会经过一个小农场。每次路过的时候,都会看到同一只黑面绵羊待在垃圾填埋场远处一侧的谷仓旁边,她每次都站在同一个地方。透过庄园周围高高的铁链围栏,从马路上望过去,我能感觉得到,她十分孤独,而且似乎好多年没有剪过毛了——无论哪一条,对于羊来说都是很糟糕的事情。我问保护区里的另一位工作者贝丝,问她有没有注意过这只绵羊。她说没错,她也是每天都会看到那只羊,为她的生活状况而叹息,很想找个办法帮帮她。无论风雨肆虐还是烈日炎炎,那只绵羊总是站在老地方。我们从马路上也看到一个大围栏,里面是很多山羊,但他们距离绵羊站着的地方很远。贝丝在那个地方只偶尔看见过几次人影。

我再次开车经过农场的时候,正好看到一个女人正待在谷仓附近。我把车开到保护区,捎上贝丝,两个人一起回去问问那只羊的情况。我们隔着围栏和那个女人打招呼。她带着点警惕小心翼翼地走近。我们做了一下自我介绍,告诉她,我们注意到她的羊情况不太好,问她是否愿意让这只羊与其他羊一起生活。她摇了摇头。于是我们问,那么我们能不能去看看那只羊。她不情愿地打开门让我们进来,带路去谷仓那边。一路上看到各种动物的状况,令我们吃惊得目瞪口呆,山羊的蹄子已经非常长了,甚至卷到脚上来,就像是变形的波斯拖鞋,狗和猫身上长着没有愈合的溃疡,而那只母羊,全身覆盖着一层乱蓬蓬脏兮兮的黄褐色羊毛,她被这身又长又厚的毛压得十分吃力,连走路都困难,接触到我们的视线时,她退缩了一下。

我们努力抑制住自己的心情,先不去评论这些动物的生活状况,我问那个女人,这只羊是怎么来到这里的。她告诉我们,本来有三只绵羊,另外两只是这只母羊的母亲和姊妹,但她们前一阵子死掉了。她完全不带感情地叙述着,上一只母羊如何倒在牧场中央,后来下起了瓢泼大雨,母羊依然躺在那里动弹不得。她说,一两天后,她用柏油帆布把母羊裹住拖入谷仓,然后就离开了。她当时觉得这只羊可能马上就要死了。后来也确实如此。我们听了这个故事,感到震惊,但我只是问她,最后剩下的这只羊多大岁数了。五岁。她上一次是什么时候剪的毛?从来没有剪过。

我注视着那只母羊,她在小牧场另一边隔着谷仓害怕地看着我们。我决定,一定要把她从这个地方带走。我和那个女人聊了一些其他事情,关于农场、关于她的生活,最后又回到关于羊的话题,她终于同意让我们把她带走,但不是马上,要在合适的时候才行。我们说,第一步是要让这只羊待在一个较小的空间里,我们就可以把她从那里赶到拖车上。那个女人说她稍后会试试。我告诉她,我们很乐意帮助她,并问她是否能拿些谷物来,哄母羊穿过谷仓走进另一侧的羊圈。"那扇门多年以来都没有关上过,"她指着谷仓的门闷闷不乐地说,"我们不可能把她关进去。"我用靴子沿着门下面的缝隙,把那些泥土踢开,这样门就能动了。我和贝丝躲到那只羊看不见的地方,那个女人拿来一碗谷物,哄着绵羊走进与谷仓相连的羊圈。绵羊吃东西的时候,我们迅速走过去关上了门。

那个女人不愿意给我们一个能来把羊带走的确切时间。我们请求她把电话号码给我们,她最后总算同意了。在我们离开之前,我委婉地建议,让一两只山羊搬过来和母羊待在一起也许会比较好,一只孤独的羊会陷入恐惧之中,因为一只羊如果没有羊群的保护,很容易成为猎食动物的目标。

接下来的三个星期,我们给那个女人打了无数次电话。但一直无人接听。开车路过的时候,我欣慰地看到,她至少听从了我的建议。一只看起来像是非洲瞪羚的山羊,正和那只母羊待在一起。当我们终于通过电话联系上那个女人时,她告诉我们,她生病了,暂时顾不上这件事。我又等了两个星期,再次打电话过去。还是无人接听。我们偶尔会看到她来到外面,所以我们知道至少还有人喂养这些动物。

　　一个月后,贝丝打电话给我。"现在我们必须把那只羊带到这里来。"她说。一位邻居刚刚打电话给保护区,说那个农场的女主人突然去世了。贝丝联系了那个女人的一位亲属取得许可,把所有的动物带走。从他们的谈话中可以看得出来,很明显,根本没有人想过怎么安置这些动物。"其中有两只绵羊,"贝丝说,"我们这里是养不下了,你那里可以吗?"这可完全在我的计划之外。我现在要照料飞马、加百列和四只绵羊,感觉已经有很多事情要做了。我原本以为那只母羊会和这个保护区里现有的羊群待在一起,在那里更大的牧场中自由放牧,所有工作人员和志愿者会照料她。但我完全没有犹豫。"当然可以。"我回答说,随即就到谷仓去为新客人准备一间客房。

　　贝丝在农场看到的情况,远远要比我们造访时所目睹的更糟糕。兔子关在肮脏的兔笼里,头上长着溃烂的脓肿。鸠鸽、家鸽、鸡也关在同样肮脏的笼子里。还有一个非常小的笼子里关着一只猫。在每一间农舍里,贝丝都发现动物和禽类生活在缺乏照顾的恶劣条件中。看起来,养他们的人是那种所谓的动物收藏者或动物收集者。我听说,在美国精神病学会《精神疾病诊断和统计手册》(DSM)的下一版中,将第一次把这一现象归类为精神疾病中的一种。动物收藏者会宣称自己热爱动物,但他们似乎看不到,他们把动物们养在多么恶劣的条件下,也看不到环境导致的健康问题又会给动物们带来多大的折磨。

家畜拖车再次来到我的庄园,停在谷仓那里,我带着轻松的感觉长出了一口气。我们终于把绵羊从那个鬼地方带了出来。

和第一次羊群到来时吵吵闹闹的状况不一样,这次拖车里面一片安静。我朝里面看了一眼,那只我以为的"非洲山羊",正一脸认真地回头看着我。他其实是一只巴巴多斯绵羊,这种绵羊具有非洲血统,会长出犄角和瞪羚般的斑纹,身上的毛发也和羊毛不一样,所以可能会被当做山羊。他的体型很小,刚好能穿过金属围栏之间的空隙,所以我拿着羊用缰绳走近他,让我吃惊的是,他老老实实地就让我套上缰绳。母羊伊莎贝尔(她还没有来到我这里之前,我就想好了她的名字)蜷缩在拖车后面。

我们先把她的同伴带到住处去,然后站在围场的栅栏外面,等待那只吓坏了的母羊自己从拖车里面出来。伊莎贝尔拖着一身长毛走下拖车的斜坡,她周身的那一大团羊毛看起来就像摇曳的蓬蓬裙,她一路小跑穿过围场,急着找到自己的朋友。虽然两只羊并没有相处很长时间,但他们显然已经很亲密了。

飞马也跑来凑热闹,和小巴巴多斯绵羊碰了碰鼻子。看起来他们之间交流的结果令双方都很满意,母马和小绵羊都平静地回到牧场上去吃草了。而奎伊米、夏洛特、奇迹和克洛伊则留在牧场远远的角落里,看上去很紧张,加百列走到新来的两只羊旁边,嗅了嗅他们,然后发出了一声长长的响亮嘶叫,这是一首欢迎曲,也许是在向他们解释这里是什么地方,之前他在另外几只羊刚来的时候也是这样做的。新来的羊被一开始的几声嘶叫吓了一跳,然后,像其他几只羊一样,他们好像也仔细聆听起来。

  我之前就安排好,让瑞伊当天晚上就过来剪羊毛,要让伊莎贝尔哪怕再多忍受这一大堆羊毛一天,光是想想,我也觉得不忍心。就着谷仓桅灯的光线,瑞伊不停地剪呀剪。她说,她可从来没见过哪只羊身上长了这么多的羊毛。后来,我们估计,从伊莎贝尔身上剪掉的羊毛恐怕有二十五至三十千克那么重。奇迹是哥伦比亚羊群中块头最大的一只,大约和伊莎贝尔差不多大小,他每年生产的羊毛,一般来说也不过五六千克重。我们曾经担心伊莎贝尔的皮肤可能状况很糟,但瑞伊干活的时候顺便检查了下,她觉得唯一的问题就是,母羊的臀部有些被尿液蚀伤了,因为厚厚的羊毛会使那里一直保持在酸度环境中,但只要暴露在空气中,就能迅速愈合,她让我只管放心。

  瑞伊剪完羊毛后,就让伊莎贝尔站起来。我真希望贝丝也能在这里看看她现在的样子。我们面前是一只多么美丽的乳白色绵羊,黑色的长腿亭亭地站在那里。"这可能是一只萨福克混种羊。"瑞伊说。我们两个人一起高兴地看着这只母羊,她终于从那一大团羊毛中解放出来了。伊莎贝尔犹犹豫豫地在围栏里走来走去,没有了沉重的羊毛带来的负担,她好像反而有点搞不清楚要如何走路了。我打开通向牧场的大门,她走过去和绵羊朋友们在一起,绵羊们在她剪毛期间一直都在外面耐心等待着。我们看着她开始自由地到处走动,就和突然发现自己可以尽情伸展翅膀的母鸡们一样,她也开始感受到新生活的滋味。

到了第二天晚上,我很高兴地发现,加百列、飞马和两只新来的绵羊一起共享谷仓里的住处,这里只容得下四只动物。想想他们四个的经历,谷仓仿佛成为一间真正的避难所。可是,奎伊米和她的羊群仍然与新来的绵羊保持距离。

利奥波德(巴巴多斯绵羊来了几天后,我给他起了这个名字)和伊莎贝尔每天大部分时间都留在住处里面,只偶尔才出来到牧场上迅速吃些草。我开始怀疑,他们是不是患上了"出笼之鸟"综合征,已经完全习惯了被监禁的生活,以至于不明白自己已经自由了。再给他们一些时间,我告诉自己。然而,一个星期后,他们还是不敢冒险走到牧场的另一边去,我只好插手帮帮他们。我轻轻地把两只羊赶到第一和第二牧场之间的大门那里,他们可以看到门是打开的,只要愿意,他们就可以和其他绵羊一起自由漫步。可是他们却直接转身跑了回去。好吧,也许他们还需要更多的时间。

又过去了一周,情况还是完全没有变化,我把立式饲料箱放在谷仓旁边的一棵橡树下,让所有六只绵羊都在那里进食,希望这样能够促进他们之间的交流。我跟夏洛特说话,请她帮忙欢迎新的绵羊加入,他们似乎不太容易加入羊群。当我把干草倒入饲料箱时,六只羊都聚集在旁边。利奥波德站在后面,伊莎贝尔从饲料箱的一侧吃草,而另外四只绵羊全都挤在另一侧。夏洛特探着脑袋看向伊莎贝尔,对利奥波特似乎也颇为好奇,我猜,她以前从未见过长得像利奥波德这样子的羊。晚餐结束后,羊群里的四只羊在牧场上散步,伊莎贝尔和利奥波德则又回到他们的住处。

显然,必须得采取一些措施,才能使这六只羊成为一个整体。我没有意识到原来的四只羊有多么亲近,他们毕竟都是亲人。我回忆起自己曾在新西兰访问过一个小型剪毛站(根据新西兰的标准,六十只羊只能算是小规模经营)。农场主告诉我,羊毛商们会说,他们从来没有遇到过像他养的这样的羊,并问他为什么这些羊的表现与其他羊区别很大。他回答说:"因为他们一辈子都了解彼此。他们没有在陌生的羊中间长大,而是生活在一个真正的羊群中。"

我这几只绵羊也是一样,但现在我不得不想个办法,怎样才能让新来的两只羊感觉自己也属于这个家族。就我对他们的观察,如果伊莎贝尔愿意加入的话,我觉得原来的四只羊会欢迎她的,而利奥波德也会跟着她行动。但伊莎贝尔非常害怕,总是会躲到她与世隔绝的安乐窝中。虽然那里其实也是一个令她害怕的地方,但至少还是个她比较了解的地方。

我相信,随着时间的流逝,一切都会改善的,但一项突发事件使这个过程不得不加快。伊莎贝尔和利奥波德来到这里六个星期后,有一天,我整个傍晚都在外,晚上回来后,到谷仓去看看动物们,却发现利奥波德静静地躺在地上。我走近时,他仍然没有动。我伸手摸他之前,其实就已经知道,他去世了。他之前并没有患病的迹象,但羊都是异常坚强的。因为,如果他们表现出任何软弱的迹象,就会更容易被猎食动物攻击,所以羊总是善于隐藏自己的感觉。我不知道利奥波德为什么会走,也许是癌症,也许是中风,也许是其他年纪大了就会有的疾病。我坐在他身边,为他流下泪水,我告诉他,我是多么高兴他能与我们一起度过这段时间,感谢他帮助了伊莎贝尔,也告诉他,他不能再留在世间继续享受这美好的新生活,我感到多么悲伤。当然,伊莎贝尔就在旁边,她与我们保持着一段距离,当然不是因为利奥波德,而是因为我。我也和她说话,告诉她我是多么难过,她心爱的伴侣已经去世了,但我答应她,她绝不会再陷入孤独。我会照料她的。那时候已经夜里十一点了,我把一张毯子盖在利奥波德的遗体上,回到了房子里。睡前,我为利奥波德建起祭坛,点燃一支蜡烛,在我入睡的时候,蜡烛的小小火焰将继续为他守夜。

我梦见自己走进谷仓,发现我完全搞错了。利奥波德其实根本没有死。但是当我醒来时,又回到了悲伤的现实世界。

早上八点前,我就来到牧场上,打算为利奥波德挖一个坟墓,希望在下一次暴雨来临之前能够干完。我挖坑的动作似乎使伊莎贝尔感到紧张,她靠近牧场另一边的加百列和飞马。接着,她走向大门,从那儿可以看到绵羊们在另一个牧场里吃草,她站在那里大声咩咩叫。我为她打开了门,她过去和羊群待在一起。这似乎是个好兆头。我在她身后关上了门,因为那边的牧场上草还比较长,还不能让飞马过去。

挖坑可真是一件辛苦的工作。地面都是湿透的,我一边挖,水就一边流进坑里,这里的土壤完全是粘土,大块大块地粘在铲子上,使每个动作都变得更费劲了。但我发现,当心爱的动物死亡时,为他挖掘坟墓,会成为一个深沉的伤口愈合过程。让大地接收动物宝贵的遗体,这其中有一种强烈的自然力量。因此,我继续挖,同时从坑里往外舀水,我唱起了盖亚圈的歌曲。

> 生蹄的,长角的,
> 生蹄的,长角的,
> 死去的会重生,
> 谷和麦,稻与黍,
> 谷和麦,稻与黍,
> 枯萎的会再长。

突然,围栏出现一只孔雀,即使在这个阴天灰蒙蒙的光线中,他也闪耀着耀眼的蓝色光芒,一群火鸡刚刚来到这里,孔雀也跳下来加入了他们的队伍。我挖坑的时候,他们一直都待在旁边,为利奥波德留下了一些美丽的尾羽作为祭礼。在繁重的挖掘工作中间,我休息了一会儿,斜靠在铲子上看着周围生动的世界——孔雀、火鸡、天空上飘飘悠悠的云彩,所有的光明与黑暗。还有,一道完整的美丽彩虹,横亘过田野的天空,两端都清晰可见,仿佛通往天国的桥梁。这是送给利奥波德的另一份最后礼物。

在整个葬礼期间,伊莎贝尔时不时用咩咩的叫声呼唤我,但我决定,虽然我很爱她,但现在是时候以更强硬的方式帮助她了。我知道,如果我重新打开门,她又会跑回自己的住处,一直待在那里不出来。我不想让她再回到孤独之中。我想帮助她克服恐惧,学会怎样加入羊群。她已经可以和其他绵羊一起吃草了——虽然还会时不时焦虑地咩咩叫,忍不住不停地返回到大门那里,这里距离她与世隔绝的安乐窝最近。

虽然我也觉得这样做对她太狠心了,但还是整个晚上都关着大门。当我早晨来到外面时,她正躺在大门旁边,整个白天,大多数时间也都待在这里。这相当于日日夜夜都站在谷仓旁边的老地方,最接近于她熟悉的生活。我知道我不能放弃。我在那边的牧场里用木条和波纹马口铁为羊群建起了耳屋,如果她还没准备好加入羊群,不愿意和他们一起住在耳屋里,那边也有灌木丛和树木为她遮荫,她可以暂时住在树下。

渐渐地,伊莎贝尔开始探究周围有趣的新环境。在她从前的生活中,从来不存在这么多的选择。她所了解的,仅仅是一块方形的草坪牧场。而现在,高高的灌木丛中间有小径等着她去探险,有各种各样的树叶等着她去品尝,远处的牧场里还长着美味的野生萝卜花,只要她敢冒险走到那么远的地方去,就可以享用一顿美餐。一天下午,看到她离开了大门旁边,我松了一口气,她卧在一棵巨大的桉树旁边灌木丛的树荫里;这里是夏洛特经常占着的老地方。羊群来到大门附近时,她可以跟上去,成为羊群中的一员,但实际情况是,其他几只羊按他们平时的路线走开了,而她却自个儿留在后面。是时候使用更强硬的方式来帮助她了。

一天上午,我走在她后面,以这种方式迫使她往前走,离开大门那里一直走向远处的牧场,她会看到,其他几只羊就在那里。她看了看,就又转身跑回门口安全的老地方。第二天上午,我继续做了同样的事情。这一次,她鼓起胆量稍微走进下一个牧场一点点,似乎满怀渴望地看着其他的羊,可是随即又转身跑了回来。第三天上午,距离我关闭她的退路已经一个星期,她终于加入了羊群。我们成功了。从此,她总是与羊群待在一起。他们很容易就接受了她。使她孤立于外的障碍从来就不是他们,而是她自己。

几天后的一个晚上,我把第一和第二牧场之间的门打开着,看看伊莎贝尔是不是真正成为了羊群中的一员。当他们从这里走过时,羊群会在第一牧场过夜,因为这里距离他们天然的保护者加百列比较近。伊莎贝尔会与羊群在一起,还是会离开羊群,回到牧场另一边她曾与利奥波德共享的住处呢?

伊莎贝尔留下来了。她和羊群在一起,看起来一点也没有打算回到她原来的住处。第二天早上,她与其他几只羊一起卧在附近的一棵橡树下,然后又与他们一起,按着羊群早晨的惯例走向远处的牧场。我悄悄跟过去,想看看他们要做些什么,我走到那里的时候,刚好看到羊群穿过大门,走进一片长满了野萝卜花的美丽田野。绵羊们排成一列朝前走,每一只都紧紧跟着前面的羊,伊莎贝尔走在克洛伊和奇迹之间,看起来完全和羊群融为一体了。在接下来的日子里,我常常看到伊莎贝尔紧紧挨着夏洛特和克洛伊卧在树荫下,如果我用谷粒款待他们,她会和大家在一个碗里吃。现在我终于可以彻底放心了,我知道,伊莎贝尔已经找到了她的母亲和姊妹。

动物教我的事
╱ 走向自由的勇气 ╱

我看着伊莎贝尔一次又一次退回到她认为安全的地方。她的生活中曾经一直充满了孤独和恐惧,如果我不想办法帮助她的话,不知道她要花多长时间才能打破自己的固定模式。我想,她最终还是会一步步迈向前,加入羊群,也许她会先与天然的保护者飞马和加百列建立起联系,然后再逐渐加入羊群。但这可能会花很长一段时间。后来,我推动她走出过去的感情创伤,走入充满归属感的未来。如果利奥波德没有死,也许这个过程会比较温和地慢慢完成,但有时候,必须得有人插手,保护我们不至于被自己的过去影响或伤害。

想一想伊莎贝尔需要克服多么严重的恐惧,才能走出自己的心门,加入羊群,我就对她的勇敢充满了敬意。她不知道在前面等待她的是什么,但她能够勇敢地前进,自己去寻找答案。她找到了一种归属感。我看到,她克服恐惧逐渐成长,就像母鸡们一样,慢慢发现真正的自己,终于绽放出完全的自我。曾经,恐惧使她把自己紧紧锁在心底。而现在,她的心已经向羊群敞开,向整个世界带给她的幸福敞开。

向他人和世界敞开你的心扉,需要很大的勇气。这样做有风险,可能令你容易受伤,可能令你提心吊胆。但是,只有这样才能获得自由和归属感。如果你关闭自己的心门,只生活在自己的一隅,你会感觉心脏在胸口紧紧收缩成一团;如果能够从自我封锁中迈出一步,你就能体会到自己成为整体中的一部分。这种归属感和与世界联系起来的感觉,能够克服所有的恐惧。

伊莎贝尔所做的,不仅仅是忘却过去,忘却恐惧。在这方面,加百列的情况已经是一个很好的例子。忘却的另一面是要采取行动。在我们抛掉过去后,下一步要做什么呢?过去为我们带来的恐惧和其他情绪负担不再如影随形,我们要找到自己真正的自我。步入未知的未来,是一种非常勇敢的行为。有时候我们是被推动着前行,有时候我们会自己走出这一步。

一天早晨,我看向外面,伊莎贝尔与克洛伊正卧在树下。她们刚刚在广阔的牧场上徜徉吃草,现在是放牧中间的休息时间,她们凝视着周围的景色,看起来就像是在沉思。羊群就这样度过日日夜夜,亲密得形影不离,偶尔有谁一时间走散了,其他姐妹们会不停地呼唤她,直到大家重新聚在一起。我来到外面,伊莎贝尔在吃草中间抽空跟我打了个招呼,她往往都不用抬起头,也不用停一下咀嚼,她打招呼的方式是从嗓子底下发出一声低沉的咩咩叫。每次听到她这样的呼唤声我都会笑起来。其他的羊都不会这样叫。这是伊莎贝尔的独特标志,她这样的叫声令我心里感到一阵温暖,因为我知道,她是多么舒适惬意。我从旁边走过时,她完全不会受惊,甚至都不用抬起头看看。在她的世界中,一切都很美好,她在这里感到安全快乐。我高兴地收下她闷闷的问候声。我想,这是一份体现了归属感的礼物。

7 爱的奉献

在一个多雨的冬季,夏洛特突然跛了,而且情况越来越严重。她左前腿的球节部位(羊蹄上长着距毛的突起部分)肿胀起来,她走路时左前腿拖在后面,一瘸一拐的,看上去这条腿一点儿重量也支撑不了。兽医诊断后告诉我,夏洛特的蹄子恐怕是天生就比较脆弱,这是遗传导致的问题。另一方面,她的后蹄也非常狭窄,这两条腿几乎无法支撑她站立——这是遗传导致的另一个问题。兽医说,对于这些问题他也没有什么办法,她的蹄子恐怕还会继续恶化,造成腿部疼痛,到了最后,疼痛会无时无刻地折磨着她,她甚至只能用膝盖跪着吃草。如果她的生活中只剩下无尽的疼痛,那时候也许我们只能让她安乐死。他为夏洛特修剪了蹄子,在她的腿上绑了一条硬质绷带,这样能够稍微支撑一下她的腿,同时缓解疼痛。但他告诫我说,这只是临时措施,并不能起到治疗作用。

我陷入深深的震惊,我无法相信夏洛特身上会发生这种事情。她已经遭受了如此之多的苦难,为什么这种悲剧还会降临到她身上。但以前的经验告诉我,天然药物往往具有意想不到的效果,我并没有完全接受兽医做出的悲观预测。相反,我保持积极的态度,努力寻找解决方案。同时,我也为奇迹修剪了蹄子,因为他可能会从母亲夏洛特那里遗传到脆弱的蹄子,而且他体型也比较大,他的腿不得不承受更大的重量。

人们会通过孟德尔遗传实验改造动物的各种特征,使动物适用于人类的的需要。在动物使者保护区的生活中,我亲身体验到这种做法所导致的后果。人们培育出小巧玲珑的袖珍马,但这种马往往会因为腿部萎缩发生关节炎,比较小的头部也会导致牙科问题。人们设法培育出体形较大的哥伦比亚绵羊,这样就能收获更多的羊毛。不幸的是,由于在繁殖过程中对羊蹄的问题并没有足够的重视,最终,哥伦比亚绵羊的一个特点就是他们"扭曲"的足部,这意味着他们的蹄子总是会出问题。他们的蹄子不得不负担起庞大身体的重量,但天生的能力却完全无法支撑这样的重量。大多数品种的绵羊每年只需要修剪一两次蹄子。但我的哥伦比亚绵羊们,最好根据马匹的时间安排来进行——每八周就需要修剪一次。如果养着一整群羊,花钱雇人来做这项工作实在是很费钱,因此,我也和大多数牧羊人一样,学会了如何亲自修剪蹄子。

考虑到我这几只羊的体型大小,给他们修蹄可不是件容易的事。其他各方面照料他们的工作也一样,我不得不慢慢学习,怎样的做法最合适他们每一只。一开始,我为绵羊们修剪蹄子时会把他们"放倒",但后来慢慢发现,他们更喜欢站立的姿态。我愿意尊重他们的意见,作为交换,他们也愿意忍耐修剪蹄子的过程。奇迹还是小羊羔的时候就是我用奶瓶喂大的,他不怎么反抗我的做法。奎伊米拥有年龄带来的无限智慧,也会乐于合作。但她的女儿克洛伊就是另外一回事了。她总是不停地动弹,表示抗议。后来我终于发现,修蹄的时候想让她平静下来,秘诀就是把我的头靠在她的身体侧面。平时她最喜欢被人抚摸那个地方了,并且在修蹄过程中,我会时不时暂停一会儿,拥抱她、安慰她。

为克洛伊剪羊毛,也同样不同于传统做法。为了让她在这项必要的工作中愿意合作,我努力寻找一种她喜欢的方式。剪毛工人正在跟克洛伊较劲,我突然获得灵感,请她先停一下。"我想,如果我和她一起躺下,也许就会容易一点,"我建议说,"这样子会影响你干活吗?"幸运的是,我请了位不错的工人,她愿意改变自己习惯的剪羊毛方式来配合我们,而我往往更重视要让动物们感觉舒适,而非传统规矩。我挨着克洛伊的后背躺下。她立即就平静下来了,在接下去修剪羊毛的过程中也一直安安静静的。她十分放松,甚至剪完毛都不肯站起来,只是心满意足地继续依偎在我的怀里。剪毛工人说,她以前从来没有见过哪只羊会这样做。当然,在她剪羊毛的时候,恐怕也从来没有什么人会和绵羊一起躺下。

我联系了一家著名的养殖公司,是由经验丰富的牧羊专家们开办的,我请那里的兽医来诊断一下夏洛特的病情。他也同意之前那位兽医的看法,一旦韧带出了麻烦,问题就会一直存在,但我们几乎什么也做不了,完全没办法阻止这种情况发生。他把夏洛特的足部包裹起来之后,她看起来似乎好一点了。然而,当我根据兽医的医嘱,在一周后拆下包裹的材料时,羊蹄的球节部位完全没有好转,她还是拖着腿一瘸一拐的。我订购了一个硬制橡胶的羊腿护套,这个装置一般是用来给受到感染的蹄部上药的,养殖公司的兽医曾建议说,戴上这个也许有助于支持她的足踝。使用护套的方法是戴十二小时,休息十二小时。但夏洛特刚戴过第一次,我就看出来这显然不会有什么效果。因为这个装置会使她的足部过于潮湿——对于已经受损的蹄子来说,这可不是什么好事。这里多雨的冬季也是导致这个问题的部分原因。虽然我们住在高地上,土地仍然总是湿漉漉的。

我打电话给一些养了羊的动物保护区,询问是否有人知道这类问题的解决办法。但谁也没有办法。这时候,我的直觉帮了大忙,我希望有一种装置能够像夹板一样支持夏洛特的腿,但又不能是硬质的,同时还要使她的蹄子能够袒露在空气中,这样有助于愈合。我靠着直觉来到一家养马物资商店,觉得也许可以考虑尼龙搭扣的包扎材料,把各种各样的包扎材料全都试了一遍,终于发现一种合适的。那之后,我每天会去检查夏洛特好几次,因为她时不时就会设法把包扎带弄掉,我又得为她套回去。有时候,她不知道又把包扎带掉在牧场里的什么地方了,我不得不四处寻找,往往要找上好长一段时间,才终于在某个角落里发现它。我开始渐渐习惯于这种不同寻常的工作。

我和夏洛特之间建立起了独特的纽带——也许,过去我们一起生活的时候,这样的心灵纽带早就逐渐存在了,而不是最近才出现的。即使只是想象一下我可能会失去她,也令我无法忍受。灰暗的未来笼罩着我们,每一天的生活都处于这样的阴影下面,但我知道,如果我们要克服困境,走过这段艰难时刻,我自己首先必须坚强,保持积极的心态。所以我决定,不能一直在担忧焦虑中挣扎,我要做的就是尽自己一切可能来帮助她,然后顺其自然,接受命运的裁决。我沉思着怎样才能做到这一点,最后终于找到了答案:每当发现自己又陷入对夏洛特的担忧之中时,我就带着这种心情转向为她祈祷。之后,每一周我都会有很多次用到这个方法,这样做确实能够缓解我的焦虑,使我心中只留下对她的爱。爱,就是我们所需要的治愈的能量。

奇迹走路时也开始跛行了,他的右前腿出了问题,后来又慢慢发展到膝盖。我每一天都要为他们祈祷好几次,才能使自己不至于完全陷入绝望。我想要把生命的能量注入奇迹的身体里,就像之前我倾尽一切力量为夏洛特祈祷的时候一样。但我要怎么做呢?怎样才能找到足以帮助他们两个的能量?我真的能把他们两个都从这可怕的命运中拯救出来吗?我不知道未来究竟会是怎样的结果,但我知道,当我的心灵集中于爱的时候,就能感觉好一点,也会获得更多的能量。我不再纠缠于前景灰暗的未来,而是更多地去想我对他们的爱,这样能够使我心情明亮起来,聚集起力量继续前进,寻找下一种治疗方法。当我心中充满爱的时候,启示就会自然而然来临。而当我陷入焦虑和担忧的时候,即使获得天赐的指引,也会因为没有余力关注而将其忽略,整个人还会感觉筋疲力尽。

兽医为奇迹诊断的结果是,他的蹄子需要上药。但一般绵羊用的蓝色护套,给他用就太小了。我正在想着要怎么办,脑海中突然浮现出一样东西:一位朋友养了只金毛寻回犬,在山上积雪的时候会穿上狗用的软靴。于是我来到宠物商店里,站在穆特鲁克斯(Muttluks)品牌专柜前,看着眼前各种各样的软靴,从吉娃娃到圣伯纳犬的尺寸都有。商店里有各种狗的品种指南,我觉得奇迹的体型应该和爱斯基摩犬差不多,于是就选了这个尺寸。这双软靴是明黄色底带有黑色条纹的,看起来就像是两只大黄蜂,奇迹乖乖让我为他穿上软靴,看见自己足部被一片鲜黄色包住,显然吓了一跳。然后他一边在牧场里走来走去,一边不断地向下看自己的蹄子。我不由得笑了起来,一周以来,这还是我的脸上第一次浮现笑容。

就像平时一样,每次当我做的事情影响了动物们的生活时,我就会给他们一些奖励作为交换,于是我给奇迹拿来一碗燕麦。野生火鸡们不知从什么地方冒了出来,扑过来研究这是什么好吃的。奇迹是一只性格非常温柔可爱的绵羊,他友好地和火鸡们分享了这一餐美食。我们的保护区里常常出现这样美好的时刻,爱斯基摩犬护腿套带来的希望,也令我心情轻松了不少。

我仍继续向所有人打听,是否有人了解如何处理夏洛特的病情,或者认识朋友可能在这方面提供帮忙,遇到任何了解如何照料动物的人,我都不会放过希望,绝对要问一下。后来,一位擅长为马匹进行针灸治疗的兽医告诉我,他认识一位新西兰兽医,经常为体型较大的羊治疗各种疾病,在这方面比大多数美国专家都要专业。和这位新西兰兽医比尔谈过后,我想我终于找到了自己要找的人。他不像大多数人那样只能对此抱有悲观的态度,而是确实有办法解决这个问题。他为夏洛特打了一针麻醉剂,然后开始给她治疗蹄子。兽医先为她做了一次彻底的修蹄,用一把锉刀削去她蹄子前面的部分,帮助她把身体的重量前倾,在这期间我一直把她的头抱在我的膝盖上。兽医还建议在她足部下面粘一个支架,这样有助于分散韧带中的张力。但做完修蹄的治疗后,他也不是很确定夏洛特是否还需要这个步骤,于是决定过几天再来为她检查一次。几天后,他发现夏洛特的状况已经好转很多,用不着再加上支架。兽医再次给她修剪了一下蹄子,进一步完善形状,并为奇迹也做了一次类似的修蹄。

在这期间的某一天,我注意到羊群已经不再去远处的牧场了。我回忆了一下,发现自从夏洛特患上足部疾病之后,绵羊们就一直停留在三个牧场中最近的那个,当夏洛特的病情有所好转时,他们才开始短暂地出去放牧,但回来的时间要比以前早得多。奎伊米会把羊群聚集在一起,大家的活动范围取决于最虚弱的同伴的能力。奎伊米真是一只聪明而充满同情心的头羊。她明白,夏洛特如果远离羊群的话会感到非常不安,她必然想努力跟上来,这对她的蹄子可没什么好处。那之后,我会用羊群的活动范围来衡量夏洛特当时感觉如何、恢复程度怎样。当我看到他们又开始走向远处的牧场吃草时,我心里充满了喜悦,我们成功了!

后来,考虑到奇迹的状况,比尔不得不为他装上了支架,不过在那之后,两只绵羊都恢复得很棒,他们的蹄子没有坏掉,韧带的问题也没有复发。

与此同时,飞马开始了一次甚至更漫长的康复过程,无论我采取怎样的措施,她的蹄叶炎似乎每一年都会复发。这使她越来越虚弱,甚至从痛苦的蹄叶炎中恢复过来之后的那段时间中,她也不再是以前那个快乐自由的她了。有一天,我突然意识到,我已经很久很久没有见过她奔跑了。

那天晚上,我梦见飞马在田野上自由奔跑,就像以前一样高兴地甩着头。我开心极了——然而,终于又是梦醒时分。我出去看了看老老实实待在围栏中的飞马,与梦中那个奔跑的她形成鲜明的对比,令我心中一痛。

兽医的诊断是,她患有库兴氏综合征,这会使马匹容易患上蹄叶炎和板层炎,还会易于疲劳、免疫力低下,从而容易患上传染疾病,乃至危及生命。一般来说,在医学中使用"综合征"这个术语,往往意味着没有人知道究竟是什么导致了这种健康问题。人们认为库兴氏综合征可能属于垂体腺或肾上腺功能失常的问题。

飞马被诊断出这种疾病后,我对这个问题有了自己的理解。垂体腺的功能之一就是调节生长。袖珍马经常会患上库兴氏综合征,这使我认识到,为了得到可爱的小马而人为干预马的基因,会对他们的垂体腺产生影响。仅仅这样的话,影响不大,但当荷尔蒙体系中的另一种腺体因为饮食而产生变化时,整个身体就很难保持荷尔蒙的平衡。库兴氏综合征涉及的另一种腺体是肾上腺,其功能之一是产生辅助碳水化合物新陈代谢的荷尔蒙。人类为了使家畜更快地增肥,改变了供马匹食用的牧草,从基因上把牧草的碳水化合物含量调整到一个较高水平,但这样的牧草作为长期饮食就过于丰盛了。这种结果类似于高碳水化合物的美国式饮食导致人类糖尿病的流行:高碳水化合物的牧草导致马和驴当中库兴氏综合征的流行。就像糖尿病一样,马匹的库兴氏综合征、蹄叶炎和板层炎都是糖的代谢导致的问题。

就好像上帝觉得这一可怕的病症还不够,就在兽医前来告诉我飞马患上库兴氏综合征的那一次,他还告诉我,她前腿的蹄槽骨已经旋转了,这是蹄叶炎导致的最终后果。兽医告诉我,如果我愿意的话,可以通过X光确诊,不过他对于自己的诊断相当肯定。我曾经以为蹄槽骨旋转就等于死刑判决,这意味着飞马永远只能痛苦地跛行,日后的生活就毫无快乐可言了。但兽医向我推荐了一位蹄铁匠,他知道在蹄槽骨旋转的情况下,怎样修蹄能够对马匹有所帮助。以标准方式修蹄只会使飞马更加痛苦,兽医提醒我说。我平时惯用的蹄铁匠已经离开了加利福尼亚,于是我接受了他的建议,安排好时间请那位蹄铁匠麦克前来。

与此同时,有一天,在我正处于半睡半醒之间的时候,我突然想到,也许可以试试山金车液(山金车油),在飞马足底的沟槽里涂一些这种油应该有利于缓解炎症。山金车液涂在足底沟槽里的话,就能够充分被足部吸收,对发生炎症的部位切实起到治疗作用。我当天就跑去买来山金车油,看起来这东西也确实有用。于是我们每天早晨的必修功课就是,飞马吃草的时候,我抬起她的蹄子擦去泥土,涂一些这种药油。

麦克第一次来的时候,具体向我解释了他的做法,他会根据蹄槽骨新的位置来修剪飞马的蹄子,如果能够定期修剪的话,一年以内一切都会再次恢复正常。这种新的可能令我心情一振。确实,刚完成第一次修剪,飞马的状态就好多了,她在牧场上走得更远了,很明显疼痛已经稍微缓解了一些。

在修蹄期间,我和麦克谈起了各种各样的话题,包括马匹的各种疾病和治疗方法。他提到了一位专门治疗马匹跛行的人,说她的技术令他和好几位兽医都由衷赞叹,看到马匹的恢复进展后,尤其为之折服。但他并不建议飞马现在就采用这种治疗方式,因为她现在的肌肉骨骼系统还需要一些时间,才能调整来适应蹄子的新形状。也许等她的身体适应以后,进行身体调理会有所帮助,但现在她恐怕还撑不住。不过,心底的声音催促我,先向麦克要来这位身体调理者的名字和电话号码。

这位身体调理者名叫辛迪,我请她前来帮助夏洛特,希望心爱的母羊在一瘸一拐了这么久之后,可以进行一些身体结构性的调整。虽然身体调理使夏洛特行走的步伐更轻松了一些,不过,辛迪为我带来的最棒的礼物,是一种供飞马使用的草药配方。她以前遇到过一匹患有库兴氏综合征的袖珍马,一直活到了三十五岁,靠的就是这个药方,药方中包括水飞蓟、牛蒡、甘草和海带。关于蹄叶炎的最新研究表明,这可能属于一种毒性疾病;在库兴氏综合征中,毒性物质的积蓄也可能是产生诸多问题的原因。水飞蓟能够保护肝脏,而肝脏正是处理体内毒素的器官。牛蒡能够促进血液净化,也有利于排毒。甘草能够增强肾上腺的功能,这个腺体与库兴氏综合征有关,对于碳水化合物的新陈代谢也至关重要。海带含有丰富的矿物质,同样也能够促进新陈代谢。这个药方对于飞马现在的情况来说,正是制胜法宝。

库兴氏综合征首选的兽药是硫丙麦角林,但我不想让飞马服用这种药物。这种药物原本一般用于人类的帕金森氏症,但在人类医药市场上已禁止使用,因为可能会导致心脏瓣膜功能不全。这种药物会影响脑部神经传递素多巴胺,而动物不喜欢大脑混乱的感觉。虽然兽医向我保证说,马对硫丙麦角林不会有感觉的,因为使用的剂量非常低,但我并不相信。人们怎样能够知道马匹会有什么感觉?就我的经验来看,动物对于每一种变化都十分敏感,无论是内部还是外部的。硫丙麦角林也许拯救了许多马匹的生命,但我还是希望能够找到另一种方法。

这种草药配方与传统药物不同,将从根本上解决问题。我开始给飞马服用这个药方之后,结果是戏剧性的。就在第二天,她就不再像以前一样出汗过多,也停止了长期以来舔舐矿物质石块的行为,这些很可能都是库兴氏综合征的迹象。服用这个药方的第二周,她的体力也有所增强。

一家马匹寄养机构的所有者米歇尔为飞马带来了另一个礼物,她也在考虑如何拯救这样的马。由于高碳水化合物的干草产生的影响,来到米歇尔这里的马匹也有很多患上了蹄叶炎。这样的马越来越多,她不得不专门制定一套方案来照料他们。像我一样,她希望能够尽可能全面彻底地解决这个问题。她发现,低碳水化合物的干草是防止蹄叶炎的关键。(市面上能够出现这种干草,表明人们已经日益认识到这个问题的严重性。)米歇尔还告诉我,应该使用低碳水化合物的颗粒状饲料混合药草;晒干的药草必须混合在饲料里,才能让马匹服用,而一般的饲料都是高碳水化合物的,并不适合搭配治疗库兴氏综合征的药方。她进一步提到,曾经听说有些人使用牡荆治疗马匹的库兴氏综合征,也获得了很好的效果,虽然她还没有亲自试过这种方法。

我知道牡荆这种植物,又称贞洁浆果,一般用于帮助恢复女性荷尔蒙平衡。我用谷歌搜索了马匹库兴氏综合征与牡荆——这就是另一个天赐的礼物。一位养马的女士记述了她的马患上库兴氏综合征后,如何每日定量服用牡荆,使症状逐渐缓解。还有其他各种各样类似的证据,也支持了这种说法。在查询种草药的药用价值时,我发现,牡荆能够保护脑垂体和多巴胺——与硫丙麦角林具有同样的作用,但却不存在副作用。了解到这些情况,我怎么可能不去试试这种草药,而且我还发现,它的拉丁学名 agnus 就是"羊"的意思。我把这当作一个预兆,也把它当作对这种药草的最大肯定!

到现在三年以来,飞马一直摄入低碳水化合物的干草、辛迪的中草药配方、牡荆(服用三个星期,暂停一个星期),并且使用低碳水化合物含量的颗粒饲料服药。她的蹄叶炎没有复发,在专业蹄铁匠的照料下,她的蹄子也渐渐恢复正常。我快乐的小马又恢复了以前的习惯,在傍晚时分和我一起跑上小山,甩着她的头,全速飞奔,以回应我鼓掌。我的梦想终于成真了!

飞马康复后,一天早晨,我坐在谷仓的门廊里,而她正在旁边吃草,我一边和她说着话,一边欣赏眼前索诺玛乡村的美景。燕子在谷仓里飞进飞出,早就习惯了我们的存在。他们正在建造一个窝,用到的材料还包括飞马长长的白色鬃毛。我也看到了乌鸦收集起树干上的一小团羊毛,那是绵羊们自己在树干上挠痒痒时留下的。我抚摸着飞马的肩隆(背上开始长出鬃毛的地方),她轻轻咬着我的脖子和后脑勺,把鼻子埋进我的头发里。飞马第一次这样对待我的时候,我知道我已经被她接受了,因为我见过她和加百列之间就是这样耳鬓厮磨的。我想到了一句格言,你像个孩子一样喜欢去做的事情,就是生活中你的心脏为之跳动的事情。这句话对于我来说再正确不过了,我像个孩子一样热爱的事情中,没有什么能比得过动物和写作。

夏洛特也过来和我们在一起,她靠向我,希望我能拥抱她。她同样以自己特有的方式爱抚着我,柔软蓬松的耳朵贴在我的面颊上轻轻弹动着,这是一种耳朵的亲吻,就像我们会在孩子们的睫毛上留下蜻蜓点水的一吻。我们的保护区中一切都很顺利、很美好,不是么?

可是好景不长,几个月后,夏洛特的乳房开始肿胀起来。兽医说她患上了乳腺炎,然后为她疏通乳头,注射抗生素,并取了一些细胞进行培养检验。检验结果显示,葡萄球菌呈阳性反应。兽医告诉我,由于在畜牧业中普遍使用抗生素,我们整个地区的土壤中都大量存在着具有抗生素耐药性的葡萄球菌。人类的行为对夏洛特造成了越来越多的负面影响。

注射抗生素后,夏洛特的乳房恢复了一些,可是随即又再次开始肿胀。我们继续为她疏通乳头、注射更多的抗生素,药效持续了一段时间,但兽医第三次前来的时候,已经无法使她的乳头畅通。唯一的解决办法是手术切除乳房。夏洛特是一只年龄很大的羊,我想她恐怕无法承受得住这样的手术。即使她能承受,我也觉得,如果把她单独送到医院,让她与羊群分开,会使她过于紧张,对她的病情没有什么好处。

根据兽医的预测,抗生素恐怕无法长期起效,于是我在兽医两次治疗之间,也使用了各种各样的自然疗法,希望能够抵抗葡萄球菌。有时候,不知道是哪一种方法起了作用,她的乳房开始消肿,使我心里燃起希望,但随后总是又再度肿胀起来。除了热敷和大量的维生素 C 之外,我还尝试了:葡萄柚籽提取物、胶态微粒银、蘑菇提取物、提高免疫力的药酒、浸泡紫锥花和泻盐、乳腺炎顺势疗法、在乳房上涂抹牛至和百里香精油。这最后一项令她感觉不舒服,虽然我已经稀释了精油。其余几项都有所帮助,特别是能够增强免疫力的蘑菇提取物。她的乳房好不容易缩小到柚子大小,结果之后又变回了几乎篮球一样大。这么大的乳房使夏洛特的行动变得很困难,她的活动范围缩小了,但她对于我和对于食物,都仍然保持着热情。

后来,有一天早晨,夏洛特一点儿干草都没吃,甚至连饲料也拒绝吃。为了让她的身体能够休息一下,保持温暖和干燥,我在谷仓里放了些稻草,把她安顿在角落里。她似乎放松了一点儿。我为她准备一些混合了最新药方的饲料,然后也只能坐在稻草上默默地和她交流,那只名叫"麻雀"的颇通人性的虎斑猫,也经常待在旁边,偎依在夏洛特和我身边,或者抬头沉思状,收起爪子,闭着眼睛,一副专注于内心的样子。我相信她正在用意念帮助夏洛特。她一直是只神奇的猫,从早到晚各种各样的事情中都陪伴着我,每次我请她帮忙的时候,她都会采取行动做些事情,就好像以前有只老鼠住在谷仓里,啃破了塑料容器,还留下难闻的臭味。后来我问她,有没有什么办法对付这只老鼠,她在干草上坐了两天,同样是陷入沉思的样子,然后老鼠就不见了。我没看到有什么迹象说明是她咬死了老鼠,平时她要是抓住什么战利品总会向我炫耀一下的。我觉得她只是告诉那只老鼠,我们希望他离开,然后他就乖乖离开了。

在接下来的几天里,我为夏洛特带来她喜欢的所有各种食物——梨、苹果、燕麦、泡软的大麦。她什么都没有吃。我开始担心葡萄球菌是不是已经感染到全身。到了周日,她没有和羊群在一起,很明显能看出不舒服,我没有再用各种治疗方法来打扰她。我已经做了所有能做的事情,接下来,只能由夏洛特自己决定,是去是留。

那天接下来的时候,我从早到晚一直都不停地为她带来食物,以防万一她突然想吃东西,但一切都无济于事。大多数时间我只是坐在她旁边,和她说话,告诉她,她是一只多么了不起的羊。过了晚上十点的时候,我亲了亲她,跟她道晚安,然后站在谷仓门口,最后回头看了看她,希望到明天早晨,她仍然与我们在一起。我甚至已经抬起手准备关掉谷仓的灯,可是就在那一刻,我脑海中突然浮现出夏洛特站在谷仓斜坡下的黑莓丛中的身影。把她安置在畜舍里的前一天,我就是在那里看见了她。当时,我还一时感到有些奇怪,她在那里做什么呢,那时候她几乎已经走不了路了。

"黑莓叶!"我大声叫出来。我一把抓起修剪枝条的剪刀和一个碗,就着谷仓门口照过去的昏暗灯光,开始剪下黑莓的叶子。当我把这些叶子带给夏洛特的时候,她狼吞虎咽地吞了下去,很快就把那一小堆都吃光了,而且还在期待地看着我。"哦,你真是一只不平凡的羊!"我惊叫起来,流下了幸福的泪水,然后赶紧冲出去剪来更多的叶子。我一直一直在剪,她也一直一直在吃。我试着再给她拿来一些谷物,但她仍然不肯吃。于是我继续去剪下黑莓叶,夏洛特已经吃到第六碗,看上去食欲仍然和开始一样旺盛。她最喜欢我用手把叶子喂给她。一边安详地看着我,一边慢慢咀嚼。我十分感谢她愿意给我暗示,告诉我能够为她做些什么。虎斑猫麻雀在我们之间穿过来穿过去,也被我兴高采烈的心情感染了,我想,她也在为我们治疗的效果感到高兴。

那天晚上,终于回屋以后,我在网上搜索了一下黑莓叶,结果惊奇地发现,其主要药效是针对"干燥和萎缩",同时也有助于净化血液,而且还富含维生素 C。这正是夏洛特需要的东西,有助于她肿胀的乳房恢复,清除迪康金黄色葡萄球菌感染。

第二天一整天,我都在忙着为夏洛特剪下黑莓叶,一边干活一边在心里对黑莓树丛表达谢意:"感谢您帮助我们心爱的夏洛特。"我也试着喂她苹果叶和葡萄叶,这两样她也肯吃,但还是不如黑莓叶受欢迎。我坐在她面前,伸手把黑莓叶送到她嘴边。她很快就吃光了,碰碰我的手表示还要。我们彼此凝视着对方,心灵相通,我能感觉得到她很满足。很快,一切都会好起来的。

那天晚上,似乎已经能看得出她的乳房变小了。我正打算回去睡觉,夏洛特开始舔畜舍周围外露的水泥地,她一直不停地舔着。"矿物盐!"我立即想到。我在碗里倒了些专门供羊食用的盐,她不断地舔着这些铁锈色的盐堆,补充自己缺乏的微量元素。从那之后,我一直记得把矿物盐放在她附近的地方,她在接下来的日子里也继续经常舔舐这些盐。

第二天早晨,我突然灵光一现,觉得应该让夏洛特吃些西瓜。我脑海里不知为何直接浮现出这样的想法:"找些西瓜来。"当时并不是西瓜成熟的季节,但我还是去商店里找了,最后带回来两个圆圆的有机西瓜。我先把其中一个切成一瓣一瓣的,夏洛特吃掉了整个西瓜,包括外皮在内一点儿都没剩。我知道,西瓜对于肾脏有益,而且我专门查资料的时候,还发现它也富含维生素 C,有助于减轻关节的炎症。

夏洛特原来的主人说她有些神经质,其实她只是有些特别,需要一个稳定的环境而已。

她生病时自己去吃黑莓叶,后来她好了。他们都有自己的智慧。

作者摄

夏洛特乳房的情况使她走路时不得不采取奇怪的步态,而且她可能还患上了关节炎,这些问题都会使她腿部疼痛,不过她知道怎样做有助于自己的腿恢复。

这一天吃过西瓜后,我把一种包括有机燕麦、卡姆小麦、大麦麦片的混合饲料喂给夏洛特,她也肯吃了。当地饲料商店没有有机杂粮卖,我只好从健康食品商店买来这些散装谷物,再自己把它们混合起来。我认识的一位养马的女士曾经告诉我,她曾经改用有机杂粮当饲料,从而治愈了一匹马的黑色素瘤。这是自然疗法的基础,也是普遍的常识:健康食品是构建身体的基本,患有疾病的时候,尤其如此。

第二天早晨,夏洛特走出了独自居住的畜舍。加入了羊群,和大家在一起享用干草早餐,她就像以前一样津津有味地吃着,然后夹在羊群中间,稍微有点蹒跚地迈着不紧不慢的步子,与大家一起到周围去放牧。她这么快就恢复了,令我很惊讶。九条命的夏洛特这次也顺利回到了我们身边,还会活得更好。

动物教我的事
/ 倾听 /

夏洛特和飞马,在她们看到死亡的影子时,会自动把治疗方法传达给我。如果我一直只是沉溺于发现她们病情时的那种焦虑和恐惧之中,我就无法完全发挥自己的能力,最终也救不了她们。焦虑和恐惧不但会使我筋疲力尽,还会使我忽略她们传递给我的信息,我需要这些信息才能帮助她们治疗。帮助她们痊愈,其实也增强了我的能力,使我能够成为一名越来越好的动物照料者。有些奇怪的是,我越是回到自己的内心,恐惧的感觉反而越轻。我想,在夏洛特和飞马病得这么严重的时候,如果我还是只管沉湎于对她们的爱,整天想着可能会失去他们,我一定会心碎掉,而恐惧和悲痛更会使我什么也做不了。但实际上,当我敞开自己的内心,感觉却好起来了。我们之间的爱呈螺旋状上升,我接收到能量、信息、信心、希望和信任——而这一切使我的心灵更加敞开,接受更多、付出更多又再收获更多,这样螺旋状一直上升,直到我们实现最终的痊愈。

一次次到谷仓去,似乎要永无休止地寻找治疗方法,病情像过山车一样忽好忽坏,这些都没有把我击垮。相反,就在那个此时此刻,我找到了一条直通爱和喜悦的道路。在照料夏洛特和飞马的过程中,我与她们的生活已经完全融为一体。就好像在佛教中,全心全意地劈柴挑水也就是修行,这个与疾病对抗的过程,也同样成了一种修行。我悟到,并不需要把全心全意当做一项戒律来修,心中有爱的源泉,这种境界自然就会呈现。心与心的接近,使每一项工作中都充满爱的奉献;发自真心地做一件事,每一项工作也都变得更加轻松。每一次我从谷仓回去的时候,都会觉得自己的心灵也变得更加宽广。

在痊愈的道路上,爱的奉献不仅治愈了接受照料的动物们,也同样治愈了照料着她们的我。心爱的人或动物生病,使我们感到恐惧、焦虑、担心、悲痛,而真心的奉献,就是这些不良情绪的解毒剂。真心奉献,我们就顾不上感到疲劳倦怠。

痊愈的道路也同样是一条倾听的道路:倾听来自更高层次的指引、自己的直觉、祖先的声音、大自然的话语、睡梦中的启示。

动物使者保护区里发生了这么多的麻烦,有一天,我陷入了怀疑。也许一开始我就不应该幻想自己能够建立起一个保护区。也许,这一切迹象都表明我照料的动物太多了。也许我应该干脆去做别的事情。那天晚上,一只野生火鸡来到了我的梦中。有人用锤子砸到了他的爪子。他伸出爪子来给我看,满怀信心地凝视着我。他全心全意地相信我能够帮助他。当然,他是正确的,这只小家伙把他的爪子抬起来给我看的时候,我感到整个心都牵挂在他身上了。

当我醒来后,我在心里感谢了梦中的火鸡,然后又回到谷仓去。我想走的道路十分明确。

我们所需要的指引，其实就在眼前，我们只需要转向那个方向，提出问题，然后倾听答案。

马匹自己就知道在野外吃什么能够治疗健康问题。如果我们人类愿意回到传统的大自然中去，其实我们也能拥有同样的知识。从前的草药医生懂得植物传达的信息。如果我们尊重自己内心里那块宁静的空间，并愿意敞开内心去倾听，其实我们也能够做到。

在我慢慢学习着治愈了飞马和夏洛特之后，我也成了一名更好的倾听者，对于所有能够为我们带来光明的声音，无论是来自何处的启示，我都以更加开放的心灵来接受。我开始接收到各种各样的指引，无论是在日常的琐碎小事中，还是在各种意想不到的地方。比如，有一次我来到超市想买一瓶葡萄酒，恰好看到旁边有一大箱哈密瓜。一般来说，我是不会在连锁商店购买食品的，但这些哈密瓜正在特价出售，于是我停下来，挑了一个，正想把它拿起来。这时我接收到一条明确的信息："不要购买我，我不是自由成长的。"我能感受到，这些植物不得不在养分已经耗尽却充满了杀虫剂的土壤中生长。一股同情的浪潮涌上心头，我拍了拍那个哈密瓜，感谢它能够提醒我，也把我的爱传达给它，并告诉整个箱子里的哈密瓜们，它们不得不以这样的方式生长，我为它们感到十分伤心，随后也只得离开了。

在社会的规训之下，我们都学会了把与一只哈密瓜对话当成无稽之谈，如果我们有幸有这样的能力的话。但是，从前的草药医生们，长久以来都接受着从植物世界传来的信息。他们原本是广受尊敬的,只是后来,人们慢慢学会了害怕他们。即使是当前的主流科学,虽然如此囿于物质世界,也已经测得人类、其他动物以及植物的电磁场。每一种生物都拥有自己的电磁能量场。量子物理学家阿米特·哥斯瓦米博士极具说服力地解释说,新的科学已经证明,我们除了通过五种感官所获得的有限感觉之外,还会感受到其他能量场带来的感觉。同时,新的科学也正在探索,能量场包含什么,又是如何起作用的?《狗狗知道你要回家以及其他不思议动物感知能力》一书的作者、著名生物学家鲁珀特·谢德瑞克博士,提出了各种精神形态产生共鸣的概念,解释了我们之间如何通过能量场产生联系,各种信息又如何通过能量场进行传播。

无论哈密瓜是通过能量场还是其他方式与我沟通的,从那时起,我更多地感受到各种各样的能量场,也更加确信,能量场中存在着丰富的信息。在夏洛特和飞马患病期间,我所获得的指引,带领我走上能够使动物们痊愈的新的道路。我学到了一些能量医疗的方法,现在也已经实践过如何使用能量来治愈动物们。作为我工作中的一部分,我不断完善着自己倾听、接受信息的能力,无论各种信息以怎样的形式传达到我这里,我都不会错过。

倾听需要的是彼此之间的连接——连接另一个能量场,连接更高的能量,连接内心深处那一宁静的所在。这种形式的连接,需要的是开放的心灵。植物不会对一个封闭的心灵说话。动物也同样不会。即使他们肯传达信息,我们也无法听到他们的声音。

严重或长期的疾病,可以检验我们保持心灵敞开的能力。在我开始找到治疗的方式之前,我也曾照料过严重受伤或患病的家人和朋友。我充满关怀地帮助他们,也很愿意留在他们身边,但心情和身体都处于紧绷的状态,往往会使我筋疲力尽。在这种令人紧张疲倦的状况下,我有时会感到恼火易怒,这对于我来说,是一种心灵封闭的迹象。而当我不再被别人需要时,我又会感到沮丧崩溃。

就在我经历过夏洛特和飞马的病情之后没多久,我的母亲患了重病,我坐飞机穿过大半个美国去照顾她。两个星期中,我一刻无休地照顾她,却没有一刻会感到紧张、焦躁,或者心底觉得不情愿,即使她的铃声一夜间响起好多次,需要我帮忙,使我一刻也无法入睡。但铃声打断我的睡眠时,我的第一反应是对她的爱。随着铃声响起,我心跳变快,立即跳下床去,唯一的想法就是要赶紧去照料我的母亲。她白天小睡的时候,我忙着做些烹饪和清洁的工作。我终于明白了,心中的善念如何转化到日常生活的每一件小事中。以前,我原本以为这种事情是需要不断练习才能习惯的。而现在的我发现,只要你敞开自己的心灵,就能自然而然地做到。

我高高兴兴地去做这些事情,很自豪自己能帮得上忙,感到与母亲一起相处的时间充满了快乐。我唯一关注的事情就是,怎样才能减轻她身体上遭受的痛苦。这是真正的爱的奉献。纯净的能量场不仅使她慢慢恢复,我自己也仿佛从中获得养分。两个星期结束的时候,我完全没有精疲力尽的感觉,而是神清气爽地踏上了回家的旅程。在飞马和夏洛特的帮助下,我学会了如何使生活充满爱,在爱中步步前行。

我们心爱的大天使加百列,回到了他在天堂的家园。他是一只如此充满坚忍毅力的沙漠驴。直到他去世的前一周,我们一直没有看出来病情是如何折磨加百列的。而即使在这最后的一周中,我也不知道他即将离去。我每一天都过去看他,希望药物今天能够开始生效,加百列能够完全恢复健康。另外几次照料患病动物的经验,使我学到了,痊愈的过程并非一条不断前进的上升曲线,而更像是一条闪电形状的折线,进展与挫折会交替出现,缓慢地朝向健康前进。牢记这种痊愈模式,有利于在面对挫折时保持积极的态度。

加百列不愿再吃干草或饲料,不管我喂他什么他都不肯吃,但与夏洛特一样,他转而选择黑莓叶。他的嘴里长了一些疮,这也是病情的一部分症状,我想,树叶上微小的刺可能会使他疼痛。但他和夏洛特一样,知道自己需要什么。于是我又一次开始寻找黑莓叶。我发现,这种植物的药性之一,就是有助于嘴里的疮口愈合。多么聪明的大天使。

加百列需要采取的治疗措施中,有一项是冲洗口腔,以帮助疮口愈合。但如果不把他拴起来,我们就没法做得到。所以也只好这样,我站在一边,看着另一个人再一次把他拴起来。在这一切开始之前,我就好好地告诉他,我们要做什么,向他道歉,虽然明知他以前被拴到木桩上度过了可怕的一个月,十分害怕这样,但现在我们还是不得不把他拴起来。我解释说,我会尽快完成冲洗,一做完马上就解开他。最后,我告诉他,他越是配合我们,这一切结束得就越快。

在整个过程中,加百列一直努力坚持着,而不是像之前多年以来,一旦他被束缚住,就会让意识逃离身体。自始至终,他一直完整地留在这里——而且很生气。虽然这使我为他冲洗口腔的工作更困难了,但我感到很高兴。也许这与所有的马匹训练原则都背道而驰,但我不在乎。他没有逃避。他表现出愤怒。这标志着他终于从过去所经历的一切中痊愈过来了。现在他对我已经产生了足够的信任,和我在一起的时候,他能够保持完全的自我,而不是像以前那样,逃避恐惧。等到以后,我可以慢慢研究怎样做才不需要把他拴起来,不过要等他的身体状况再好一点,我才顾得上考虑这方面。

几天后,那是个星期四,兽医再次过来。他也没有什么更多的办法能帮助加百列了。他建议我们等到周末再看看他是否肯吃东西。兽医说,如果加百列终于愿意吃东西的话,也许他还能恢复过来。但是,如果他仍然没有进食……我哭了起来。兽医告诉我,当初,他年迈的父亲也主动停止了进食,全家人尽了一切努力想让他吃些东西,而他感受到那是他父亲自己做出的选择,人们有权决定何时准备好离开这世间。他认为,也许加百列目前的状况也是这样。

不必为他做出安乐死的决定,这使我松了一口气。在我成长过程中,一直以来接受的观点就是,为了减轻动物们的痛苦,安乐死就是选择。但后来我认识了盖尔·波普,他是光明保护区(一家"动物痊愈中心")的主管,这里是老年、残疾和需要特殊照料的动物的家园——包括猫、狗、各种农场动物和禽类。光明保护区同时也是一家教育中心,指导如何进行全面整体的照料,特别是动物的疗养恢复和临终关怀。光明保护区很少采用安乐死,其影响是意义深远的。如果动物即将迎来临终时刻,工作人员和志愿者(以及住在这里的其他动物)会开始为他守夜,动物们绝不会孤独地面临死亡。顺势疗法有助于缓解不适,这样,随之而来的死亡往往是美丽而感染人心的。通向彼岸的道路,成为一段优美的航程,周围所有的生命都有幸置身其中。

盖尔和光明保护区改变了我对安乐死的看法。如果我养的猫大限将至,我会尽我所能来帮助他们走过这段最后的旅程,而决不使用安乐死。但如果是大型动物,我不知道自己还能不能做得到。如果马、驴、羊们开始倒下,再也无法站起来,我不知道自己能够坚持多久,任他们去承受一切。我向上帝祈祷,如果加百列一定要离我们而去,就让这个过程快一点吧,这样我们就可以自己挺过去,而不需要兽医的干预。如果加百列在这世间的最后时刻,还要为陌生人的在场而感到恐惧,这对他来说也太残酷了一点。我希望他不必再经历这种事情。

到了周五,我一直在房子和牧场之间来来回回,希望能让加百列吃点东西。就像夏洛特那次一样,我用上了能想到的每一种方法来吸引他进食,但他终于什么也没有吃。夜幕降临的时候,我知道他即将离去。我坐在谷仓的门廊里,独自一人哭了起来。虎斑猫麻雀跑到我跟前来,静静地依偎在我的腿上,我还是一直在哭,一遍又一遍地告诉加百列,我是多么爱他,我很高兴他能在这里生活,我会想念他的,我真希望还能再一次摸摸他的耳朵。他不希望我太靠近,如果我离得太近了,他就会躲远一点。我不想再给他压力,于是始终在我们之间留出一段距离。他没有倒下去,就好像他自己也知道,一旦倒下去,就再也不会有足够的力气站起来。

我去吃了点东西,然后又回到他身边。那时已经到了晚上九点钟。我还没见到他的身影,就已经听到他困难的呼吸声。他站在围场中央,我走近过去,这一次他没有躲开。我把一小碗水举到他嘴边,让他可以稍微润润嘴唇。他把鼻子浸到水里,似乎很高兴能喝点水,于是在接下去的一个小时中,我隔一会儿就为他端去一碗水。我坐在他头部一侧,他留在我旁边没有离开。我再次告诉他,我是多么荣幸能够认识他,多么高兴能够和他在一起,我希望他能够留下来,但如果现在就是他要离去的时刻,我也能够理解。然后,我请他原谅我曾经在他身上犯下的所有错误。我一条条列出了各种各样的事情,希望他能够原谅每一次的错误,原谅我把他关在小畜栏里希望能够克服他的恐惧的那一次,也原谅我让蹄铁匠把绳子捆在他腿上希望降低他的敏感性的那一次。"我常常不理解你真正需要什么,请原谅我曾经做过的所有这一切。"我对着心爱的加百列喃喃地说。

这时候加百列朝我转过头来,低下头靠近我。他让我抚摸他的额头、耳朵、脖子。我哭得更厉害了,这是一份最后的礼物。这是他的原谅。我继续抚摸着他天鹅绒一般的头部,轻声说:"加百列,我们把你的缰绳取下来吧。"本来是以防万一我还要喂他什么东西,所以仍然给他套着缰绳。我无法忍受他临终仍被缰绳拴着。他把头靠近我,让我解下缰绳。

就在那一刻,我答应加百列,我会以他的名义救出两头驴——之所以是两头,是因为即便他与飞马如此亲密,但是自从他突然从沙漠中被带走,离开自己的家族后,在他一生中余下的时间里,再也没能和其他的驴一起生活过。而这两头以加百列的名义救出的驴,将一直生活在一起,同时也陪伴着飞马,我会用加百列教会我的各种方法,好好照料他们。

我暂时离开他,去把缰绳放在谷仓里他看不见的地方,我希望他在临终的时候,能够是绝对自由的,完全看不到任何束缚他的东西。我又回到他旁边,夏洛特也走过来,站在我的另一边。加百列仍然没有躲开。我把脸埋进夏洛特的毛茸茸的

永恒的连接

脖子里,抽泣起来。她安静地站在那里,让我抱着她。当我再次抚摸加百列时,他走开了。飞马正在附近吃夜草,加百列走到她旁边。我想,他已对我说了再见,现在希望只和飞马单独在一起。我离开时,他们正紧紧偎依着彼此。

第二天早晨,我一开始以为会看到加百列站在水槽旁边,但随后,我看见他躺在牧场最偏僻的地方,一片黑莓树丛下面。他已经走了。他看上去非常美丽,我轻轻抚摸着他,触手一片柔软。他安详地躺着,就好像他在离去之前,终于能够放松地好好躺下来。大天使当然知道什么时候是应该离去的时刻。也许后来,我还曾在水槽边见过他的灵魂,和其他动物在一起,饮用着天堂之水,从此再也不会遭受任何痛苦。

我希望把加百列埋葬在他自己选择长眠的地方,就在那片黑莓丛旁边。一位强壮的邻居帮助我挖了一个比较大的坟墓,我们一起埋葬了我心爱的加百列——这是个令人心碎的时刻,但就像以前那些动物们的葬礼一样,也是一个充满疗愈能量的过程。在加百列下葬期间,其他动物都在别处放牧。当我的邻居离开后,我在坟墓旁边的草地上撒了一些苹果块,所有的动物都过来了。他们吃完后,奇迹走到坟墓的土堆旁,把他前足端端正正放在上面,嗅着水仙花的香气,我把这些花放在一个罐子里作为祭品,奇迹在那里静静地站了很长一段时间。我觉得他正在与加百列交流。我经常看到他们在牧场里互相碰着鼻子,就好像在进行一段漫无边际的交谈。夏洛特绕过坟墓的土堆来到我身边。其他的几只羊在周围嗅了嗅,然后就在谷仓的阴影中卧下了。奇迹站在坟墓上面时,飞马慢慢走过这整块地方,嗅着地面。我拥抱夏洛特,感谢她前一天晚上为我提供的帮助,随后,她也和奇迹一起离开了。

我认真看着飞马,毕竟加百列一直是她最亲密的伙伴。她环绕坟墓慢慢走着,时不时侧身看向我。恰恰走到加百列头颅所在的位置时,她停了下来,开始嗅着、舔着地面。我看到了一些血迹,也许是因为他的口腔溃疡流出来的。她不断地舔啊舔,把土壤中所有的血迹都舔了个干净。(要知道,马可是素食动物。)然后她又闻了闻周围,在另一块地方上停下来,开始舔那一小块地面,用鼻子翻开每一块石头和树枝,进行清洁。她在四个地方重复了这样的做法,在每一处,我都可以看到她所发现的红色血迹。飞马花了很长很长时间舔着这里,使这块包含了加百列整个灵魂的地方,只留下纯粹的土壤,这是她能够为加百列做的最后一件事情。我坐在坟墓上哭泣,看着她完成这一温柔而漫长的仪式。最后,飞马终于完成了这个仪式,她到附近的灌木丛里吃了一点儿黑莓叶,然后就慢慢离开了。

我希望加百列能够进入我的梦中,他几乎立即就来了——就像以前一样,一直以来他都常常出现在我的梦中。他去世后没多久,我做了个梦,梦见了两头驴,和飞马生活在一起,后面还跟着第三头小驴,爬到我的腿上,蜷缩起来睡着了。

动物们也为加百列感到哀伤。绵羊和飞马贴近在一起,彼此寻求安慰。他们不再到处漫步,几乎很少吃草,即使在美好的晴朗天气里,往往也只是待在谷仓里。这就像我感到悲痛时常见的情况一样——关闭自己的世界,转向内心悼念离去的朋友。我们一起哀悼,然后,渐渐地,从哀悼中走向未来的生活。

两年后,悲剧再次来袭,我们又有了新的哀悼对象。夏洛特已经十二岁了,对于大型绵羊来说是相当老了。有一天,我在畜舍里为她安了一张床,让她能够不受风吹雨淋,跟着羊群辛苦放牧后也能休息一下。当时我没有意识到,她永远也不会再走出这个畜舍了,但也许在一定程度上,我也隐约意识到了,因为那天晚上,我鬼使神差地让奇迹进去和她一起过夜。他第二天出现的时候,看上去满怀悲痛。他停止了进食,只偶尔轻轻咬着草。即使这样,看起来也没吃多少,也许甚至一丁点都没吃,他的样子,就好像只是机械地做着以前生活中习惯的动作。大多数时间,他就只是呆呆地站着,眺望远处。他早早就明白了一切,远在我能够明白之前。

那之后,夏洛特的身体很快就走下坡路了。她并不是真正患上了什么病。只是她的身体已经老化到无法继续运转下去了。渐渐的,只是站起来再卧下的动作,对她来说也越来越困难了。我想,已经没有什么药物或疗法,能对她的衰老起作用了,所以我只为她带来各种各样她还能吃下的健康食品(包括黑莓叶和葡萄叶),也专注于我们能够在一起的最后时光。夏洛特看着我的时候,她的目光一直是敏锐、警觉而亲近的。她的眼睛搜寻着我眼中的内容,寻求彼此之间的连接,即使在她即将临终的日子里,也仍然是这样。我们坐在畜舍里,凝视着彼此,我们之间建立起完美、纯粹的连接。在各方面照料她都会为我带来一种喜悦。我的心每一刻都更加开放，这种喜悦也不断增长，即使我已经知道，我们即将失去她。这不仅仅是疗愈之路。这是步入来世时，爱的奉献。

其他几只羊一般不会像夏洛特那样看着我，但奇迹自从与他的母亲在畜舍里度过一夜之后，也会时不时寻找我的目光，就仿佛他可以从我眼中看到夏洛特，看到她就存在于我心中。

夏洛特，曾经教过我很多事情，如今又为我上了新的一课。

畜舍里那个晚上之后又过了五天，我在早晨六点到谷仓去，发现夏洛特平躺在地上，当她听到我的声音时，努力想站起来，但却怎么也做不到，她已经无法站起来了，甚至连挣扎着坐起来都不可能。我把她扶起来靠在我身上，喂她吃一些黑莓叶。她只吃下了一碗，第二碗就不肯再吃，这还是她第一次这个样子。以前，无论我为她剪来多少黑莓叶，她都会全部吃下去。她疲惫不堪地睡着了，脑袋还搁在我的腿上。当她醒来时，她努力想爬起来，但马上又筋疲力尽地栽了下去，只能勉强挣扎着。

后来回想的时候，这次经历对我来说是一个教训。我们处于完美的和谐关系之中，我们原本可以自己处理这一切，但我还是担心她会承受太多的痛苦，于是打了个电话给兽医。我太过担心夏洛特了，反而破坏了这优雅的最后旅程。我这样做，等于要夺走她的临终时刻。

兽医到达之前,我们一起度过了两个半小时。前一天晚上,夏洛特曾进入我的梦中。在梦里,我和她躺在一起,紧紧挨着她的身体,我的胳膊搂着她,她当时已经奄奄一息。于是在现实生活中,我也这样做了。(后来我才意识到,夏洛特是进入梦中来告诉我,她希望我怎样陪伴她慢慢走向死亡。)起初,我和她一起躺在那里,似乎使她平静下来,我们在充满爱的安详氛围中一起静静地躺着。后来,她开始挣扎,于是我离开了,因为我觉得她是希望自己待着,以便更安宁地离开。

我俯下身来吻了吻她,我的脸颊挨着她绒绒的脑袋,她的耳朵却没有回应——以前,这种时候她一向会给我一个耳朵的吻,也就是轻轻抖动耳朵在我脸上扫一下。她的样子甚至好像完全没有看见我。然后,我看到了,她正处在死亡的临界线上——逐渐离去的过程。当我随后再次俯下身来时,她的耳朵轻轻抖动着回应我——这是我从她那里收到的,最后一个耳朵的吻。

死神一步一步踏近,我向上帝祈祷,如果一定要把夏洛特带走的话,就让这个过程迅速无痛苦地结束吧,虽然我已经明白,我们可以自己度过这段时间,但我不愿意为取消兽医的预约而离开她哪怕一小会儿,而且我也有些担心,她这个样子会不会持续好几天,兽医以前曾经告诉过我,这样的情况是可能发生的。幸运的是,兽医要迟到一个小时。如果我们还有一小时的话,我想在兽医抵达之前,夏洛特就已经离去了。外来的干预是非常不协调的,会破坏我们和谐的旅程。

虎斑猫麻雀,就像往常一样,当我痛苦的时候,他总会在旁边陪伴着我,帮助我们痊愈。在我心爱的绵羊临终的时刻,他一直坐在我的膝盖上,待在夏洛特旁边。即使是在向兽医表示感谢,并送他离开的时候,我也把大半注意力都放在夏洛特身上。

如果要人为缩短夏洛特的死亡过程,我会感到很遗憾。那就会像要完整、彻底地斩断我们之间的爱一样。我跟随着她的步调,在这个过程中与她心心相连,陪伴着她慢慢经历生命的衰退与流逝。与夏洛特一起走在这段旅程之中,我明白了,生命的衰退与流逝,其实也就是灵魂一点一点离开身体,断断续续地慢慢走向永恒的自由。陪伴她共度临终时刻,就如同我们曾经共度的生活中的每一刻,同样珍贵。夏洛特已经使我明白,我可以胜任陪伴动物走过最后的生命旅程。

与人类相处时,我们在经受死亡带来的悲痛的同时,也得以感受到其中的优雅,毕竟一般来说,我们很少会选择人为缩短一个人死亡的过程。但在动物即将离世的时候,却总存在着是不是应该实施安乐死的想法,如一片阴霾笼罩着我们的内心。在某些情况下,也许安乐死会成为一种祝福,但如果在任何情况下都使用这种方法,就等于是剥夺了动物们完成生命自然周期的权利。

那天早晨,在夏洛特去世之前,我打开了她住着的那间畜舍的门,在门口放了一小块栅栏,这样如果飞马和羊群们愿意的话，可以最后一次见见她，跟她告别。我让他们在门外这块地方吃早餐。奇迹走近过来，站在门口，他完全不想进食，只是看着夏洛特躺在地上，她的头放在我的腿上，正处入熟睡中。飞马也走了过来，和他一起默默看着夏洛特。后来，夏洛特去世之后，我卸掉栅栏门，坐在门槛上，膝盖上抱着我的猫麻雀。飞马回来了，她碰一碰夏洛特的鼻子，发出一声长长的嘶鸣，这是一种希望挽回她的亲密朋友的声音。奇迹却没有再回来看看夏洛特。

那天晚上，我们在月光下埋葬了夏洛特。我亲爱的哥哥和嫂嫂都来帮忙，即便得在漫长的一天工作后，还要开两个小时的车来到我这里。在我们把夏洛特放进坟墓之前，我把手伸进她身侧的羊毛中，透过裹着她的毯子的缝隙，最后一次抚摸着她绒绒的羊毛。麻雀做了一件令人吃惊的事情。当我缩回手又跪坐回来时，她爬上夏洛特的身体，就在我的手刚刚一直抚摸的同一个地方，用她小小的爪子轻轻揉着那块地方，一直持续了很长一段时间。这是献给夏洛特的最后礼物。我们一直等到麻雀完成了这最后的祝福，从夏洛特身边退回来，才终于埋葬了夏洛特。

我清理了夏洛特专用的畜舍隔间，让其他动物们可以住进来。夏洛特葬礼的那天晚上，奇迹和飞马一起待在这间畜舍里。第二天，奇迹继续站立着为他的母亲祈祷。看到他把前额靠在树干上的样子，令我再一次感到心碎，这是一幅极度悲痛的画面。我从来没有见过哪一只羊会这样做。在那之后的日子里，他常常这样站着，仿佛悲痛从未消逝。

我们所爱的奇迹

作者摄

夏洛特去世两天后,奇迹终于愿意开始吃一点干草,我也觉得精神终于稍微振奋了一点。但这样的情况很短暂。他很快又开始禁食,无论我找来什么都不肯吃。他的神情看起来清醒而警觉,显然并不是生病。我一天要很多次地跑到谷仓这边来查看他的情况,而每一次他都会以清澈、稳定的目光直直地看向我。不是有什么请求,就只是以他的全部灵魂那样看着我。我无声地问他,是否有什么事情是我能够为他做的,能够帮助他的,答案是很温和的"没有"。在接下去的几天里,我又问了他好几次,我是否应该叫兽医来。答案是坚定的"不要"。与夏洛特相处的过程中,我已经学到了很多,所以无论奇迹希望怎样,我都会尊重他的决定。

在我看来,很明显他正在把自己的灵魂抽离躯体。他现在刚刚九岁,一直相当健康,但他无法忍受母亲从此不再陪伴他的生活。夏洛特去世九天后,奇迹也走完了自己一生的旅程。

夏洛特去世那一夜之后,我就没有看到过奇迹待在谷仓的畜舍里,也没有看到过他卧下。他看起来越来越虚弱,所以我一直跟在他附近。我想,也许今天就是他要离开的日子,因为他的目光不再那么清醒警觉了,看上去,几乎已经有一部分灵魂离开了他的身体。飞马正待在夏洛特去世的那间畜舍里。奇迹慢慢地走向那里,而我跟在后面。他在飞马旁边安顿下来,脸朝向角落,然后卧了下来。我看得出来,他正在离开这世间,我把他的头抱在我的膝盖上。他稍微动了动脑袋,然后,就那样离开了。我抱着他抽泣起来,把脸埋在他身上的羊毛中,呼吸着这种宝贵而熟悉的气味。飞马轻轻碰了他一两次,我抚摸着她温暖的身体,很高兴她还在,还能为我带来稍许安慰。我默默地与奇迹交流了很长一段时间,虽然夏洛特去世后这么快就发生了他的事情,对我产生很大的冲击,几乎令我感到眩晕,但我还是心存感激能见证他最后的时刻。

飞马那天整个上午都留在奇迹身边,虽然我已经用床单盖住了他的身体。梅拉和她的丈夫斯科特前来帮忙埋葬奇迹,他们两人抵达时绵羊们都咩咩叫起来,但即使是这样的喧闹,也没有令飞马离开奇迹的身边。斯科特,一个她不熟悉的人,出现在门口时,她没有像往常一样跑开。她熟悉的梅拉出现时,她也没有探出鼻子表示欢迎。我们得让她挪开一点,这样我们才能抬起奇迹的身体,把他带到外面的坟墓中,但她不肯离开,我在畜舍另一端放了一桶干草,希望能哄她过去,她没有动弹。我把床单拿走,铺在旁边的畜舍的地上,她还是没有动弹。我跟她说话,请她挪开一点,解释了为什么我们需要她这样做。但她没有让步。我轻轻地推了推她,她终于动弹了一下,但也只有几步。她不会离开奇迹的。我终于明白了她的心意,明白这对她来说有多么重要,于是我不再试图让她离开。她对奇迹的忠诚是多么美好!最后我们就在她身边开始干活。

一直没看到虎斑猫麻雀出现,但是当我开始为奇迹挖墓穴时,她一直待在附近桂树的树荫下陪伴着我们。我们把奇迹埋葬在他的母亲旁边,为他们竖起了一对墓碑:我们所爱的夏洛特，我们所爱的奇迹。

奇迹去世的前一天，一只知更鸟开始了春天的歌唱。而就在他死亡的那一天清晨，她陷入了沉默，整整一天都保持着安静，直到第二天曙光初现的时候，才再次开始歌唱。

我们的奇迹，他带来了何等奇迹。

动物教我的事
/ 这不是关于你的事 /

夏洛特与奇迹的去世,时间如此接近,令我觉得,人世与天堂之间,也许只隔着非常薄的一层纱而已。我心爱的绵羊们就在这层薄纱的另一边,我几乎可以触摸得到他们。他们的逝去还离得如此之近,不禁让人觉得,人世与天堂之间并没有隔着想象中那样遥远的鸿沟。那时我感到,两个世界如此之近。我能够感受到另一个世界的存在。它仿佛就隔着我的皮肤。如果我能让这层分开我们的薄纱消散,我就能触到我心爱的绵羊们暖暖的羊毛。

我问奇迹现在怎么样,于是他托给我一个梦。在梦中,我是一个即将死去的人,身边还有其他的人们。我们从一个世界(生命)滑入另一个世界(死亡),然后似乎又回到这一边。有人正在用日常琐事烦扰我,我告诉他:"我就要离开了。"我希望能够单独清静一下,因为我离那个世界已经如此接近。我能感觉得到,自己是如何一点一点走向死亡,生命悄悄溜走,从一个世界进入另一个。我并没有因为要离去而伤心。这就像一次旅程,一次我想要踏上的旅程。我想要独处,这样我就能全神贯注地穿越这层薄纱,进入下一个世界。这并不需要体力,而是需要倾心、凝神,就像祈祷一样。

当我醒来后,我觉得,奇迹已经告诉了我,他最后的日子是什么样的。

在我心爱的动物们渐渐离开时,能够陪伴他们走过这段旅程,能够尽量使他们舒适一点,这是一件值得骄傲的事情。带着开放的心灵来参与生命的整个循环,其意义并不在于一个人感到多么悲伤,而在于如何让爱减轻悲伤带来的痛苦。埋葬我心爱的动物们,与他们同在,与他们紧紧相连,这样便减轻了痛苦。带着怀念,为逝去的生命曾经那样真实地存在过而向他们投以真诚的礼赞,这样便减轻了痛苦。加百列、夏洛特和奇迹,教会了我死亡的美丽和优雅——这就是死亡的道路。

当你真正走在死亡的道路上时,你知道这并不是关于你的事。这并不是关于你的悲伤、你的损失、你的不幸,而是关于那即将去到彼岸的他。他即将完成生命的自然周期,能见证这一过程是一份荣誉、一个祝福、一项恩典。就像疗愈之路一样(见第7课),你要做的只是献出你的爱。如果你能够把逝去的生命永远留在自己的心中,你会在悲伤的同时也同样感到喜悦,为你心中的爱而感到喜悦,为你心爱的人或动物曾经存在过而感到喜悦,同样也为上天恩赐了这段生命而感到喜悦,即使你正在为这段生命的结束而哭泣。

起初是加百列,后来是夏洛特,在他们重病垂危的日子里,我每天早晨接近谷仓的时候,往往都会感到害怕。今天早晨他们感觉怎么样?他们还留在我身边吗?只要稍微想到心爱的动物们会离我而去,我就会感到刺骨的心碎。加百列教会了我很多事情,所以当夏洛特也面临这种时刻的时候,我在清晨出门之前,已经能够整理好自己的心情。这样,我就能带着朝气蓬勃的心情与夏洛特会面——充满爱而非害怕,愿意接受而非担忧,抱有信念而非挫折感,尊重她的生命而非代替她作出决定。

而奇迹的情况中,他的选择是不同的,因此,在疗愈之路上,我关注的重点也随之而改变了,我尊重他的决定。夏洛特临终那段时间,我知道她很想留下来。这并非我的一厢情愿。她一直有着强烈的意愿想要活下去——她真像一只有着九条命的猫——但她的身体已经无法支撑下去。我的任务是尽可能搜集所有的治疗方法,尽可能帮助她留下来,然后,平心静气地接受任何可能的结果。而奇迹这一次,他的身体没有问题,但他的灵魂已经选择了离去。我的任务是向他提供食物和水,希望他能够改变主意,但最终还是支持他的选择。

加百列、夏洛特和奇迹的离去使我领悟到,保护区的意义不仅仅在于动物们可以自由平静地生活,还在于可以自由平静地死去。为了使动物们能够平静地走过生命的最后一段旅程,就像我在疗愈之路中所学到的那样,我经常需要寻求指引,并带着开放的心态来倾听。天赐的指引使我能够冷静地站在一边,而不至于过度插手这一生命循环的过程。如果在面对死亡时,能够像面对生命一样平静,让自我与生命实现统一,那么,就能更好地走过生命的完整旅程。

矛盾的是,即便要原谅自己过去照顾临终动物们做错的事情,也必须先认识到,那不是关于自己的事。如果我一直只顾着对自己曾经可能做错的事情感到后悔,这种心情反而会使我和夏洛特、加百列和奇迹越隔越远（无论在他们生前还是死后），因为如果我心中始终萦绕着以前的错误，为此担忧焦虑，我的心反而会因此而关闭起来。如果只顾着后悔，就又回到了以自我为中心的状态。把过去的经验当作宝贵的财富，如果未来再遇到同样的情况，至少已经知道怎样做是有好处的，怎样做没有，什么事情是正确的，什么事情需要避免，这才是有建设性的做法。只顾后悔什么用也没有。总结经验，以备未来，这才是对他人的关爱。而后悔则是只看到自我，对自己和他人都毫无帮助。

无法原谅自己，就和无法原谅他人一样，会使我们的内心关闭起来。如果我们能够意识到，不原谅自己，反而会减弱我们与自己所爱之间的联系，也许我们就能不再纠缠过去。无法原谅，同样也关闭了获得指引和了解彼此的大门。

昨晚，有一对猫咪来到我的梦中。宾利和西蒙娜是一对形影不离的兄妹，他们大约十一岁时搬到我这里来，我们一起生活，直到他们最终去世。在梦中，我们一起住在一座新房子里，他们非常快乐。就像他们活着的时候一样，宾利只要与我在一起就很高兴了。而一直非常喜欢玩水的西蒙娜，就在一个有活水流入的小池塘边快乐地玩耍着。

西蒙娜已经去世九年了，每当我想起她时，内疚的感觉仍会使我心中刺痛，因为当时我还什么都不懂，面对她的病情什么也做不了，我未能挽救她。她教会我的事情，后来救了虎斑猫麻雀的命，但是，这仍然无法使我原谅自己。直到后来，我终于开始意识到，无法原谅自己、不断地纠缠于自己，等于是对西蒙娜关闭了自己的心,切断了我们之间的联系。直到此时,我才努力去原谅自己,只有这样才能够重新与她联系起来。为了这个目标,我转而专注于我对她的爱,重新缝合了连接我们心灵的宝贵纽带。我的内疚消失了,我不再纠缠于自我,而是领悟到,这是我们共同的命运。

最近,我请西蒙娜和宾利也成为我的动物灵魂顾问,协助我的治疗工作。西蒙娜和宾利与其他猫咪顾问们一起,从此陪伴在我身边。那之后的梦告诉我,我们之间能够重新建立心灵的交流,正如那活水所象征的,这是让西蒙娜感到无比快乐的事。

就好像如果我们还未能承认自己的祖先,我们的祖先会默默等待着我们的承认与感恩一样,如果我们还困在自我当中,我们心爱的动物们也在默默等待着我们走出来,这样,我们心灵之间爱的源泉才会再次流淌起来。

9 / 履行承诺

加百列去世后十八个月,我履行了自己对他许下的诺言,以他的名义救出了两头驴,或者应该说,其实是加百列救了他们。一切始于饲料商店布告栏上的一条广告。上面只有"免费的驴"这几个字,以及一个电话号码。我仿佛感觉到加百列的气息拂过我的脖子,于是立刻拨通了这个号码。

巴德有七头驴,平时就野放在房屋车道后面的田野上。他抵押了房子,现在这座房子已经被银行收走,银行希望有人能够把那些驴弄走。我询问了一下这些驴的历史。他有些含糊其辞,但我还是了解到,最初他在那片田野上养了至少两头驴,后来不知什么时候,一头母驴和一头未去势的公驴也来到这里,于是这个小牧群开始增员。这些年来,他时不时就要在饲料商店贴出广告,使驴群可以稍微减员。这块地曾经被大水淹过,淹死了一头驴。巴德完全没怎么照料过他们,顶多偶尔为他们带来些苜蓿杆。至于修蹄,他说,让驴群自己在水槽前的砾石上把蹄子磨掉一点就行了。

我没有看到那些驴,于是出去寻找他们。我走过这片田野,发现到处乱丢着一段段废旧铁丝网、锈迹斑斑的废铁,还有其他有害垃圾,这些都可能对散放的动物造成严重伤害。在田野最远的地方,我遇到了驴群。他们刚一见到我,立即在其中一头驴身后聚集起来,显然那是他们的头驴。除了其中一头幽灵般的白驴之外,其他的驴都是一身褐沙色的皮毛。后来发现,白驴是邻居家养的。除了这头白驴之外,我数了数,还有五头成年驴,其中两头是公驴,另有一头半大小驴,一头小驴驹。

头驴以他坚定、清澈的目光凝视着我。他有着能够与任何威胁相匹敌的力量。但我注意到,他的脖子上带有血淋淋的擦伤和裂口。事实上,他看起来刚刚经历过一次战斗。后来我才知道,附近的人们时不时就会听到驴群中发生激烈的战斗。年轻的公驴会向头驴提出挑战。到目前为止,年纪较大的头驴仍牢牢占据着自己的位置。田野上一向都会发生这样的事情,但这并不意味着野蛮。即使其中一头驴愿意让步,周围也没有足够的地方能让他搬到新的领地上。如果人类要把所有这些驴都养在同一个地方,我认为,人类有责任让驴不要彼此争斗,或者让他们不要再不断繁殖。

不过,我来到这里,可不就是为了这个么。但是怎样抓住这些驴子仍然很成问题。巴德这里没有小一点的围栏能把他们圈起来。他说,以前在饲料商店贴出广告后,前来抓驴的人会把家畜拖车倒着对准大门口停在那里,然后在拖车里放一些干草或谷物作为诱饵,就会有几头驴自己走进去。

我打电话给马匹救援机构的主管,她安排了一辆家畜拖车来帮我运驴。那个时候,我们的保护区已经搬到了一个新的地方,新庄园里的围场面积不够大,我最多只能带走两头驴,为他们提供新的家园。不得不让驴群彼此分开,我对他们感到抱歉,而且我也不知道该选择哪些到我的保护区里生活。我希望带走年纪较大的公驴,这样我就可以治疗一下他脖子上的伤口,并且他很可能是最难安置的一头驴。毕竟所有人都会更喜欢可爱的小驴驹。但我们没办法把驴围起来抓他们,所以其实我也无法掌控结果,谁知道走进拖车的会是哪一只呢?于是我请加百列来决定。毕竟,我是以他的名义来做这件事的。我想象着,他会与这些驴交谈,他们可以共同做出决定。同时,我祈祷着所有的驴都能够拥有美好的家园。

家畜拖车倒到围栏门口,拖车后面的入口附近和拖车里面,我们都放了些干草,然后躲藏起来。驴群已经过来了,巴德预先在外面,我们放了些苜蓿杆,把他们从田野深处吸引过来,但没有哪头驴愿意走进拖车。如果当时已经是盛夏季节,食物很少的话,也许为了干草和谷物他们会愿意冒些风险,但现在还是食物丰盛的季节,诱饵对他们的吸引力并不大。一个小时后,我们得出结论,这个法子没什么用。我们只能想想别的办法。

几个星期过去了。某一天上午,巴德打电话来告诉说,拖车里关住了两头驴,问我还要不要。

"是哪两头?"我问,其实这一点并不重要。

"我们大概是抓住了两头公驴。"他说。

应该是年纪较大和年纪较轻的那两头公驴吧,我想。这样很不错。我会为他们去势,这样他们就不会再打架了。巴德把事情的原委告诉我,原来是一个可持续发展农场的人把他的拖车停在那里,希望能够诱使驴自己走进去,但他只想要母驴。这两头驴进入拖车时,巴德刚好经过,就顺手关上了拖车的门。这是加百列做出的选择。我告诉巴德,直接把这两头驴送来吧。

农场的人开着拖车来到我这里,车停在我的围场门口,然后我们一起把两头驴放了出来。那天是10月28日,万圣节之前三天,也就是死者的节日,这是人世与天堂之间那层纱最薄的时刻。那两头驴刚一从拖车中出来,我就发现,年老的头驴并不在其中。加百列选择的是年轻的公驴和一头母驴。

这些驴从来没有乘坐过拖车。不过,被饲主忽视也有一个好的影响,因为没有多少与人类相处的经验,反而不会总是担心人类要做什么残暴的事情。他们从拖车里冲出来,有些害怕,任何人或动物遇到这样大的变化都会感到害怕的,但还不至于被吓出心理阴影。他们谨慎而又好奇地研究着周围的新环境。看到旁边围栏里面的飞马和羊群时,他们的眼睛睁得大大的。隔壁牧场上的一大群奶牛从小山上飞跑下来,停在分隔两家庄园的围栏旁边,好奇地瞧着他们两个新来者。看着这些奶牛,他们的眼睛睁得更大了。这两头驴在以前住的地方曾与一匹马为邻,但我认为他们可能从来没有见过绵羊或奶牛。驴和牛之间似乎存在着一种天然的亲近感。以前保护区旁边那家牧场的奶牛,就常常跑来与加百列谈心。自从两头驴来了以后,隔壁牧场的奶牛们来访的次数,比起之前我这里只住着飞马和绵羊的时候,更频繁了。

飞马对新来的朋友非常感兴趣,在围栏的另一侧嘶鸣起来,甩着她的头。为了安全起见,我打算先把他们分隔开一段时间。不过,她和驴都没有走近对方。他们隔着一段距离端详着对方,确认彼此之间的关系。这时飞马踏出了第一步。她踏上距离公驴最近的围栏,与他碰了碰鼻子表示欢迎。绵羊们则在接下来的几周内一直与新来者保持距离。

意想不到的是,这两头驴对于我的第一感觉是充满好奇,这与加百列是多么的不同。我又一次感谢加百列以及所有为我提供指引的生命。到现在,我已经学会了很多事情。一开始,早在这些驴还住在原来的地方时,我就已经和他们说过话,向他们描绘驴群的未来,告诉他们,为什么我无法把他们都带走,但我会为他们全体祈祷,希望每一只驴都能拥有美好的家园,还有,其中两头驴会与飞马、羊群和我一起住在保护区里。这两头驴抵达的时候,我告诉他们我很抱歉,不得不把他们与原来的家庭分开,但让他们继续留在那个地方,就无法保证他们的安全和健康。我欢迎他们来到动物使者保护区,并告诉他们,能够迎接他们加入我们的大家庭,我们感到多么快乐。我请加百列帮助他们适应新的生活。

就在当天下午,公驴已经愿意让我抓抓他的脑袋、摸摸他的耳朵,不久之后,母驴也与我同样亲近了。她走起路来就像优美的舞者一般,我管她叫仙女,空气精灵一般的驴仙女。我问加百列,公驴应该叫什么名字呢?答案很快就出现了:拉斐尔。不知为什么,当时我有点不喜欢这个名字。我又问了两次:"你确定吗?"加百列再次确认,没错。现在我真不明白自己当时是怎么想的。拉斐尔是另一位大天使的名字,没有比这更合适的名字了。

第一天夜里,那两头驴整夜都在嘶鸣。我睡得很不安稳,时不时会听到他们的声音,我能感觉得到他们的焦虑。这可能是因为他们的生活刚刚发生了巨大的变化,或者是因为被从家人身边带走而感到悲痛,也可能两方面的原因都有。第二天,仙女大部分时间都在围场里走来走去。这是他们第一次被圈养起来,但这块牧场面积也不算小,长满了牧草、黑莓丛,还有一棵橡树,这里能够为他们提供舒适的住处、洁净的水源以及大量的干草。我想,她感到焦虑并不是因为被关起来。我有一种隐约的怀疑,那头半大的小驴也许是她的孩子。而那头小驴驹应该不是她的孩子,要不然应该会和她一起进入拖车。不管怎么说,马科动物如果与子女分开,都会感到烦躁不安。这当然是很显然的道理。不用说也是这样。但是,只把马和驴视为个人财产的人类,就像对人类奴隶一样,完全否认动物身上这种自然天性的存在——那是一个母亲对孩子深沉的爱。孩子对母亲的感情也一样,奇迹已经以令人心碎的方式亲自证明了这一点。

我告诉仙女,我会回去看看她的家人。巴德没有回我的电话,于是第二周我直接开车过去。如果驴群还在那里的话,我想搞清楚,其中有没有哪头半大的小驴是仙女的孩子,或者是其他母驴的孩子。但是到了那个地方,我发现驴群已经全都不见了,而巴德也不在家。

仙女和拉斐尔嘶叫了两天后,终于完全平静了下来。我与他们之间的关系也在慢慢发展着,既然他们现在对人类并没有负面印象,我希望能够让他们一直都保有这样的想法。等到以后为他们进行医治或修蹄的时候,我可能需要给他们套上缰绳,但我决定按照自己的直觉,进行一次爱的试验。爱,能使他们愿意被套上缰绳吗?我相信答案是肯定的。这与我和飞马之间的相处不同。她来到我这里时,已经很习惯与人类相处了,很可能曾经被"训练"过,也已经习惯了被套上缰绳。而这些驴几乎是野生的。我的做法是常常爱抚他们,与他们交谈——每天都出现在他们的生活中。

人类学家和教育家安杰利斯·阿连,在《土著人民智慧的四面之道》一书中称,展现自己是精神勇士才能做到的。所谓"展现自己",她指的是要把自己完完全全呈现出来。坚持向对方展现自己,是建立起任何关系的基础,我从加百利那里也学到了这一点,这就是与动物温柔相处时最好的方式。对我来说,展现自己意味着完全敞开自己的心,来接近另一种生命。以前我和野猫相处时,这种方法很有效,现在面对仙女和拉斐尔,也同样起了作用。很快,他们就十分乐意让我为他们刷毛了。

我们新家的谷仓里有三个畜舍,都彼此相通,也分别带有通向外面的门。我总是把所有的门都打开。当我把晚餐带给动物们时,仙女一般都会待在中间狭窄的畜舍中。我从谷仓里她头顶上的一层抱下来一些干草,她仍然留在原来的地方没动,我只好反复从她旁边挤过去,为所有的动物们准备一份份饲料,她只管待在老地方继续不慌不忙地吃东西。后来,我为她刷毛时,她也开始留在这个畜舍里。

我在他们的饲料箱旁边的地面上放了一根缰绳,这样他们能够慢慢熟悉这个陌生的东西,缰绳上也慢慢沾染了他们的气味。有一天,在为仙女刷毛时,我给她看了看那根缰绳,然后很轻松地就成功为她套上了缰绳。整个过程中,她完全没什么不适、厌恶的感觉。只要有爱,就能轻松做到!而拉斐尔一开始则有点反抗的意思。我没有强迫他,而是耐心解释为什么我们需要这样做,最后,他也接受了这件陌生的事情。

令我惊讶的是,飞马和这两头驴之间的关系是慢慢地升温起来的。当初她和加百列几乎是一见面就成为最好的朋友,我曾经以为这一次也会差不多。我们已经走过了哀悼期,我原以为她会很高兴看到身边再次出现驴的身影。但实际情况并非如此,我这才意识到,她与加百列之间的关系是多么独特。一眼就能看出,拉斐尔很崇拜飞马,而飞马总是一副从容不迫的模样。在拉斐尔去势之前,羊群一直没有完全信任他。

我一直等到拉斐尔终于习惯了缰绳以后,才安排为他做去势手术,这样,他的第一次兽医手术经历带来的创伤也能小一点儿。现在,他已经可以放松地接受缰绳,我的护士朋友莫莉为他注射了一针破伤风疫苗,然后根据医嘱将手术安排在三个星期之后。手术的前一周,我开始让拉斐尔接受山金车顺势疗法,一直持续到手术结束后的一周,这有助于消除手术带来的肿胀和淤血。我详细地向拉斐尔解释了会发生什么事情,告诉他,我感到抱歉,但在我们这个人口过剩、动物过剩的世界里,我们也不得不这样做。为了这个世界,人与动物都有责任限制生育。

我也请加百列在拉斐尔的去势过程中帮助我们。一般来说,最好不要在飞蝇肆虐的季节为动物们进行去势手术,此刻我们正处于飞蝇的季节,可是我又不想再继续等待了。手术当天,一片浓雾笼罩了庄园,之后几天也一直是雾蒙蒙的,直到拉斐尔的切口差不多愈合了,雾才终于消散。我相信,这种幸运的天气变化,正是加百列在帮助我们。

有了这一切准备工作,拉斐尔恢复得很棒。不过,他对人类的单纯看法消失了,他开始认识到人类是一种潜在的威胁。一连好几个星期,他都不愿意让我碰他。

等到两头驴都习惯了他们新的家园,拉斐尔也安全做完了去势手术,白天的时候我就可以把他们放到更大的牧场里去了。现在,绵羊们与新来的伙伴已经相处得很不错了,他们经常全都聚在一起。在苹果成熟的季节里,我们每天一大早都会来到一棵苹果树下,由我为大家采摘早餐的水果。太阳刚刚升起,夏天的清晨带着丝丝凉爽,动物们排成一列跟着我,沿着牧场上的斜坡从房子门口一直走到苹果树下。这里就是地球上的天堂。

几个月过去了,仙女的体型一直没什么变化,我松了一口气,她没有怀上小驴,但说实话,倒也觉得有点遗憾。我知道她还是不要怀孕比较好,因为近亲繁殖会导致各种问题,但我敢肯定,被迫与亲人分开的加百列,应该更希望他的继承人是一家三口。

两头驴已经不再经常嘶叫了,但是有一天晚上,拉斐尔的叫声突然把我从熟睡中唤醒。我在半睡半醒间侧耳倾听外面的声音,心想也许是草原狼使他叫起来的,最近我们偶尔会听到狼的吠叫声。他们的声音听起来离我们很近,幸好我这里有两头驴在,可以为羊群提供保护。一只美洲狮曾经掠走了山谷里好几只羊。邻居也告诉我,有一只鹿曾经每天都到她的庄园来,但就在她的羊群被攻击前的一周,那只鹿从此再也没有出现。我家附近仍然生活着几只鹿,所以我知道,美洲狮还没有冒险进入驴的领土。于是我没怎么担心,重新回到梦中。

第二天早晨,我怎么都找不到仙女,我到处呼唤她,但她一直没有现身。围栏内的动物牧场分为好几个区域,还包括了不少小树林。找遍所有的地方后,唯一还没有找过的,只剩下桉树下面的山沟。天啊,糟了,我想,拉斐尔的嘶叫声是不是要告诉我,仙女掉下去了,或者被困住了。我沿着养牛场的围栏,慢慢走下一道陡峭的斜坡,果然,仙女就在山沟底部。她站在荆棘丛中,面向围栏。她肯定是被什么东西困住了,我想。随即,我看到围栏另一边有一只小动物面对着她。我的天啊,那是一只小牛犊。可是她的妈妈在哪里?我慢慢冷静下来,心想仙女大概是在照看着别人的孩子,那对母子也许遇到困难了。

但是当我走近的时候,才发现那并不是一只小牛犊。看到那对明显要比牛大得多的耳朵,我立即明白了,这是一头小驴。仙女耐心地站在围栏边等待着,我想她肯定知道,我会想办法处理这个棘手的状况。我轻声对她说着话,希望能搞清楚发生了什么。一条小溪沿着山沟底部流淌着,穿过围栏流向邻居的庄园。分隔两个庄园的横木围栏倒塌了一块。我只能猜测,仙女恰好在围栏的缺口处生下了她的孩子,而当小驴站起来时,他走向了围栏的另一边。小驴身上还是湿的,小溪里没有那么多水能把他全身都渗得湿透,所以我觉得,他肯定刚生下没多久。拉斐尔一直嘶叫,是因为仙女离开他,自己找了个安全的地方生孩子去了。

我一边不断地与这对母子说着话,一边翻过栅栏去把那头可爱的小驴弄过来。他看着我,眼神有点不集中,我想他仍然带着刚刚出生后的茫然感,但并不觉得害怕。他的腿长得令人难以置信。仙女怀着他的时候,怎么可能在那么长时间里体型一直没什么变化呢?我把他抱起来,他软软地躺在我的怀里,看起来在我的怀抱中感觉很好。我笨拙地从栏杆上面爬回来,把小驴驹放在小溪旁边唯一一小块空地上。仙女马上走过来用鼻子碰了碰他,他差点摔倒。

这里到处都是荆棘和灌木丛,我担心小驴无法走出去,觉得最好还是把他带到山上开阔的草场里。之前我翻过围栏把

加百列去世了。作者兑现了对他的承诺,拯救了两头驴子拉斐尔和仙女,仙女出乎意料地诞下一头小驴——尤利西斯。保护区的生命在延续。

儿子尤利西斯

作者摄

仙女的孩子抱过来的时候，她是那么耐心安静，这使我产生了一种错觉，我没有多加考虑就再次把小驴抱了起来。这时仙女突然把我撞向围栏，连撞了两次。我赶紧把她的孩子放回在地上。还没等我来得及退回山上去，她转身背对着我，用后蹄朝我来了个连环三踢。我以前见过她对拉斐尔这样做，往往是想让他后退。她飞踢的动作那么快，你根本看不清发生了什么。我靠在围栏上，她站在面前挡住了我，她要是真的有意，完全可以置我于死地，但她还是忍住了。如果她没有抑制自己冲动的情绪，那么至少会踢断我的腿。即便是现在，她已经把我踢得整个大腿小腿都痛得像在地狱里一样。"好吧，好吧，我这就走。"我说，然后痛苦地爬回山上去了。她知道怎样对她的孩子最好，我只要把小驴还给她就行了，没必要像个白痴一样做些多余的事情。她已经相当信任我了，所以在我把小驴从围栏另一边抱过来的时候，她明白我是在帮助她，而且她当时也别无选择。不然她怎么才能让孩子回到自己身边呢？但是等到母子俩团聚在一起，她就再也不肯冒险了。毕竟，我曾经把她和拉斐尔从驴群中带走，使他们与亲人分离。谁知道我又会对她的孩子做些什么事呢？

  我打电话给兽医，想了解一下新生的小驴是否需要什么特殊照料。我不由得回想起第一个宝宝，也就是我们心爱的奇迹出生后，我慌里慌张地赶紧向简求救。我进步了不少，不是吗？关于如何照料各种蹄类动物，我不仅已经拥有很多知识，而且我相信，即使是我还不了解的部分，在我需要的时候，也会得到帮助的，我已经获得了很多帮助，来自尘世与非尘世的都有。

我并没有因为被踢了几下感到苦恼。虽然痛得要命,但这完全不会影响我和仙女之间的关系。这只是她小小地警告我一下,不要插手母亲和孩子之间的事。她有着充分的理由,所以我收获了一大块瘀伤。

我天生就与动物们有深挚的联系,无论是可能发生还是真正发生过什么伤害,都不会妨碍这一点。即便我两岁大的时候被一只圣伯纳犬咬伤,严重到需要去医院缝合伤口,也没有影响我和动物们之间的关系。无论那之前还是之后,我都完全不害怕狗。我四岁的时候,已经会自己爬进一家养猪的农场,那是一个很大的丛林牧场,长满了扭曲粗糙的老树和高高的草丛,我走在小径上,穿过灌木丛寻找住在那里的大猪。虽然我母亲总是禁止我到那里去,但我还是一直偷偷地去。在保护区里,动物使者们教会了我很多东西,使我消除了在成长期间渐渐产生的怀疑,这种怀疑会使我们丢掉那种生而有之的知识。我恢复了与生俱来的信念,相信世间万物的和谐统一,不论是挨了踢还是没有挨踢。另外,现在我也增长了很多实际的知识。

既然仙女愿意留在山谷里,那我就支持她这一明智而安全的选择。我为她带来干草和水,与她和她的孩子隔着一段礼貌的距离,远远把东西放下。无论仙女走到哪里,小驴都会跌跌撞撞地穿过灌木丛跟在她后面。兽医说,我唯一需要做的事情就是确保仙女会给小驴喂奶。我一开始见到他们的时候,有一次小驴凑近过去想喝奶,仙女踢了踢蹄子。她当然不是要踢他,只是轻轻动弹了一下她的腿,后来我发现,每当她需要在集中精力时,就会做出这样的动作,比如有陌生人接近的时候。而这一次,她是要告诉孩子,现在还不是喂奶的时候。后来我意识到,她一开始把小驴推开,是因为她想要确定,我会不会再一次把小驴带走。我向她保证,我不会带走她的孩子,并为她带来了食物和水,这样她就不必自己去觅食,只需留在原地慢慢休养。她最终明白了,这里没有什么威胁。于是她放松警惕,开始给小驴喂奶。

我不知道要过多久才能带她离开这个山谷。当然,这完全取决于她的时间安排。令我惊讶的是,当天晚餐时分,她就带着自己的小驴回到了谷仓里。我简直不敢相信,这头初生的小驴,步伐还摇摇晃晃的,就已经能走上陡峭的山坡,走过这一路密布树根和岩石的小径。

其他的动物们对于这个新来的小家伙产生了浓厚的兴趣,但我还是一直把这对母子与大家分隔开,这样仙女就可以在生下孩子后放松恢复一下,而不必一直担心着要保护他。我本来没打算接近小驴,但他自己迈着小小的蹄子磕磕绊绊地朝我走了过来,他的母亲立即放下食物,挡在我们中间。我告诉她,我不会接触她的孩子,于是她同意让我留在附近。

其他动物很快就回去吃东西了,我还是一直在看着那头小驴,可能一连看了好几个小时——后来我也回屋去了,并再次掰着手指开始计算。驴的怀孕期是一年左右。考虑到仙女的体型一直没变,数字似乎不怎么对。最后,我放弃了,这一切实在令人想不明白。这是加百列带来的生命。我想起来,他死后曾经来到我的梦中——开始是两头驴,然后第三头蜷缩在我的腿上睡着了。看来那时加百列就已经告诉我,他的家人会前来这里,现在他们就在我身边。加百列开始了一段新的生命旅程。就在这时,我想到了小驴的名字:尤利西斯,这是希腊神话中英勇之神的名字。

这位探索者将引导我们走向未知的地方。

动物教我的事
/ 适应变化 /

无论我们在生活中遇到什么事——开始、结束、出生、死亡——我们始终走在变化的道路上。变化的道路,意味着适应变化,但并不意味着坐等生活中会发生什么事情。相反,我们要参与创造生活中所发生的变化。

我救出了两头驴,或者应该说,是上帝和加百列把我引向这件事,使我可以去帮助遇到困难的驴群。对于我来说,"共同创造"这个词最能充分体现人世和天堂中各种生命之间的连接给我们的生活带来的变化。作为共同创造者,我们所做出的选择,直接影响我们共同创造出什么样的结果。

如果我没有拨打那个电话号码,仙女、拉斐尔和尤利西斯,就不会来到我身边。如果我没有与巴德熟悉起来,并安排拖车,让他了解到我是认真想把这些驴带到我的庄园里,那么他抓住两头驴之后,大概也不会费事给我打电话。如果我没有听到加百列的心声,这一切都不会发生。共同创造取决于所有共同创造者的积极参与。

在任何创造的过程中,对于共同创造者来说,变化是必然的、不可或缺的。不发生变化,也就不可能产生创造。动物们经常令我想到,面对变化时,如果我们让自己完全根据人类的本能来反应,会是怎样。毕竟,人类其实也是一种动物。动物不喜欢变化,变化就意味着需要调整。他们更喜欢让周围的

晚餐时光

Mella Mincberg 摄

一切都保持原样。即使当前的环境不怎么好,动物们也不愿接受未知的事物。不管怎么说,也有可能比现在更糟糕,不是吗?如果我们人类也完全听从自己的自然倾向行事,我们会承认,我们就像其他动物们一样,不喜欢变化。即使变化是积极的、令人兴奋的,到了新的环境中,和动物们一样,我们可能也需要好几个月才能调整好自己。

最初两天,仙女和拉斐尔一直在哀叫、狂吼、悲鸣,甚至激昂地批判,这取决于你想要怎样解释他们的叫声。他们是想要表达自己对周边环境变化的心情和想法。然后,他们就可以开始慢慢了解目前的新环境。他们没有一下子就跃入全新的环境,而是明智地逐步接受。这可不正是自尊自爱的光辉典范吗?真令我吃惊,这两头驴完全知道怎样照顾自己。

同样,飞马也不是立即迈出去,马上将陌生的来客视为新的好朋友。她一开始矜持着观察、考虑,等到他们都已经比较了解对方了,才让彼此之间的关系慢慢展开。羊群的做法也是一样。我们很少能够遇见真正的灵魂伴侣,而当我们试图与并不适合的人或动物成为灵魂伴侣时,往往会让自己痛苦。

动物都知道如何基于现实而非幻想建立起深刻而持久的关系。他们知道应该如何适应变化,适应的一部分就是要承认这种变化需要你做出调整,而这个过程完全可以从容进行。动物们知道如何适应变化,同时也知道如何坚守住自己。当他们遇到不喜欢的情况时,会让对方了解这一点。他们并非只是被动地接受自己遇到的一切。当屋顶篷布被吹跑时,他们首先会惊吓得逃走。

我们可以把这视为一个比喻。自从西方人知道了中文汉字"机"既可以是"危机"的意思,也可以是"机会"的意思,就一直深受其苦,认为在面对生活中各种痛苦可怕的事情时,我们理应将其视为一个成长发展的机会。可是,即便这个道理不错,生活中的挑战可以使我们成为更强大的人,但那并不意味着我们不能对变化做出自然而然的反应,也就是说,像动物们那样,因为屋顶篷布被吹跑而被惊吓得逃走,或者像仙女和拉斐尔那样狂吼、悲鸣。西方一般倾向于把复杂的事物简化,在翻译这个中文汉字时,其实已经丢失很多意味。"机"这个字的具体含义并不是三言两语就能说完的。虽然要给出准确解释还需要说上很多,关键点在于,危机意味着事情可能会有两种结果:我们可能会被篷布缠住摔坏腿,也可能篷布被刮跑而我们安然无恙。

适应变化意味着要接受一点,那就是我们需要根据变化做出调整。如果几个月以来,我们依然喋喋不休地谈论那块被吹跑了的篷布多么可怕,那么我们也许还没有认识到一条真理,"感觉只是感觉而已"。仙女和拉斐尔并没有日复一日地哀号尖叫。他们适可而止地表达了自己的感觉,然后就继续前行了。飞马和绵羊也是如此。

当我们无条件地爱着我们自己时,会为自己留出所需的空间和时间,针对生活中发生的事情和其他情况的变化进行调整。我们也有责任不要让自己的感觉成为他人的负担。当我们允许自己对变化作出真实的反应,我们不太会夸大或延长自己的反应。

当我们无条件地爱着对方时，我们能够接受他们应对变化时的反应、需要和步调。我们不会期望他们的反应方式与自己完全相同，也不会强迫他们遵循我们眼中合理的步调。克服悲痛所需的时间完全取决于个人。

如果我们在适应变化的时候，把动物们当做老师，我们会看到，那些被虐待的动物在面对变化时需要更多的时间进行调整。如果在他们的生活中正好出现了这样的人，使他们始终受到无条件的关爱，始终陪伴着他们，那么他们调整所需的时间就会缩短。健康的动物不会假装变化无关紧要、不会使他们困扰，他们会做出必要的反应，而当他们能够完全应付这一变化时，就会继续前进。而且，如果人类能够就所发生的情况好好与他们沟通，并满怀爱心安慰他们，他们调整所需的时间会进一步缩短。

适应变化，意味着对自己、对其他人和动物，都给出同样的爱的支持。变化的道路告诉我们，怎样才能真正使危机成为机会，一个令彼此更加相爱的机会。

保护区

一位动物使者,以一种意想不到的方式来到我身边。当时,我在加利福尼亚州北部圣山脚下的夏斯塔小镇参加一个会议,内容是关于动物行为中的神秘行动主义。一位大象保护区的主管告诉我们,大象在接受"训练"的时候,会遭受怎样的对待。虐待动物的故事我们都已经听得够多了,所以我不打算再描述具体细节,但我不能不提到一条,训练员会使用十厘米宽五厘米厚的木棒抽打大象,这幅残酷的画面始终萦绕在我的脑海中。那一天我心情十分苦恼,听到人类居然会虐待这些高贵的生命,我心里有一种挥之不去的厌恶感。那天结束的时候,为了寻求大自然的安慰,我便徒步登上了夏斯塔圣山。

在冬季,因为冰雪笼罩了大山,通向山顶的道路会对车辆关闭,我一边步行通过大门,一边向圣山的神灵祈祷,希望能够获得指引。道路两旁排列着高大的松树,树下是一堆堆雪丘。这一天虽然阳光明媚,空气中仍带有冬天的寒意。我一路走一路欣赏大自然的美景,但脑海中仍然不断回放着一幅幅大象被殴打的画面,我哭了起来。大象保护区的主管说,训练员"爱"他们的大象。"那他们怎么能这样对待大象?"我从心底向圣山提问。我的问题又延展到:人类怎么能将所有各种可怕的事情,施加到其他人或动物身上?

我继续向山顶爬去,仍然哭泣着,我开始试着对这些训练员以及其他诉诸暴力的人产生同情的感觉。虐待动物和儿童的人、向他国投下炸弹的国家领导人,对我来说往往是最难同情的。

我突然记起来,养狗的家庭中,以前流行的训练方法是,如果小狗在地板上撒尿,就用报纸卷打他。即使那已经是很长一段时间后,小狗已经不记得地板上的水迹是怎么回事,你也要把小狗的鼻子推到尿液中,然后用报纸卷打他。可怜的小狗往往不明白自己是因为什么受到惩罚,这很可能会导致小狗从此畏畏缩缩,变成一只"胆怯"的狗。我们一家人都很喜欢动物,但我们也一样会这样做,因为大家都认为这种做法很有用。当我还是一个十几岁的孩子时,我也同样这样对待家里新来的小狗。当然,我没有很重地打他,但我会推他的鼻子、用报纸卷打他,毫无疑问我也是在利用自己体型和力量上的优势压迫他。小狗蜷缩起来。我觉得我只是这样做了一次,应该不至于让他从此就变得畏缩吧?不管怎么说,虽然我已经心软了,但已经做过的事情后悔也无法改变。

在圣山上,对于这个令人痛苦的问题,我获得了一个答案:这是一种连续统一体——暴力的连续统一体、意识的连续统一体。我喜欢小狗,但我还是打了他,即使只是用报纸卷轻轻地打。虽然从造成的痛苦上来看,这无法与大象训练员的暴力行为相比,但训练员和我都是在使动物们产生恐惧,虽然我们都"爱"动物,但我们都没有怀疑这些被普遍接受的做法。如果我们能够与动物们充分建立起心灵的联系,我们就不会做出那样的事情。

我站在满是积雪的神圣高峰上,这里已经是高山林木线以上,触目所及已经看不到树木,只有茫茫积雪,与大自然相比,人类是多么渺小。我再也看不出自己与大象训练员有什么不同——意识到这一点真是令人难以接受,其实只说"难以接受"还是轻描淡写了。我也希望能够认为自己与那种人是截然不同的,但关于小狗的记忆告诉我,我们的做法只是程度上的区别而已。我只能说,我已经意识到自己的做法是错误的,从此我会尽可能带着开放的心灵来生活。也许大象训练员也是一样。在我们的暴力文化中,我们都处于暴力的连续统一体中,除非我们自觉地努力避免这种行为。同时,我们也都处于一个意识的连续统一体中,无论我们的精神意识已经达到何等程度。有些人可能已经学到了很多东西,但我们都还有更多需要了解的东西。

我慢慢向山下走去,心里同时存在着悲哀与振奋的感觉。

我为人类(包括我自己在内)造成的伤害而感到悲哀,完全是因为我们的无知和无意识,才会发生这些伤害。同时我也感到振奋,因为我对生命之间如何互相联系、如何彼此敞开心扉有了新的认识。我感谢大象和圣山的神灵们,向我传达了这些信息。

我明白了,意识的连续统一体,也就是爱的连续统一体。随着心灵开放,意识也更为宽广。在爱的连续统一体中,我们都是学生。当我们走上这条道路时,我们让自己成为动物、人类、自然和宇宙的学生。我们都在学习更彻底地向对方敞开心扉,无论面对的是一只动物、一个人、一棵树,还是一朵花。

在你学习无条件的爱的课程时,你的心灵将继续开放,直到有一天,你会发现自己和整个宇宙成为一体。你看着一只猫的眼睛,突然感觉到,其实你们之间一直都是和谐统一的,这种统一性一直在等待着你去发现,而你最深层的意识也发现,自己是整个宇宙的一部分。你知道自己不会孤独,永远也不会。你知道我们所有的生命全都是连接在一起的。

只需问问自己下面的问题,我们就可以进入与整个宇宙的连接中:今天我能够做些什么以使自己敞开心灵?对于你生活中的动物,问问自己:我能做些什么,使他们的生活更加贴近天性?我能否接纳他们真实的自我(原本我只因为觉得麻烦而没有这样做)?

你也许并不觉得敞开自己的心灵有什么障碍,但我们大家其实或多或少都对别人封闭着内心。而对于动物,也许你会觉得自己不应该那样爱着一只动物,你会告诉自己:"这只是一只狗。"我们的文化现在正开始认同人与动物之间可以存在深厚的感情,但仍然存在旧式的想法,认为我们不应太过在意一只动物。例如,心爱的动物死去,是无法与亲人去世相提并论的。像家庭成员一样的动物去世时,许多人会感到悲伤,但他们也许会因此而觉得羞愧,并试图掩盖自己的感情。我们中许多人心底其实存在着一种想法:"这不过是一只动物而已。"

拒绝承认我们与大自然之间的内在联系,如果有谁表现出对大自然的热情,就对其大加嘲笑,这些是自从人类心灵中不再存在自然女神的位置起就久已有之的社会现象。在公元前五千年,马背上的男人怒吼着从欧洲北部风驰电掣席卷而来,击败了爱好和平、尊崇神圣女神的农业种族。从那时起,女神的殿堂一直处于困境之中,正如妇女和大自然也不再受到尊重。在某些人看来,如果人类与大自然之间存在着太过热烈的联系,那会是一种破坏力,因为这会威胁到投资开采大自然的社会,威胁到这种社会的结构基础。这不是很奇怪吗?拥抱一棵树或一只羊能够为我们带来快乐,但却有人告诉你,这样做是一种反抗行为?

我和马群最近恢复了一项古老的仪式。我敢肯定,在这一昔日的仪式中,一切都是自然而然地发生的。我来到一个马匹保护区,为一匹十二岁的深红棕色纯种马托比进行精神能量治疗工作,帮助他从可怕的过去中恢复过来。托比现在与一大群和睦友好的马生活在一起,他们住在一片片牧场构成的开阔原野上,但是,托比完全无视其他的马,只有一匹栗色母马图利除外,他们两个已成为忠实的伙伴。他把自己咬秣槽的习惯也教会了她,他们白天和夜里大部分时间都待在围栏旁边做这件事,而不是自由徜徉在美丽的田野上。

咬秣槽,医学上又称为咬槽摄气癖,是一个严重的问题。一般来说,曾经或现在大部分时间被关在小畜舍里的马匹,往往容易染上这个毛病。他们会咬住栅栏或围栏的木制边缘,把它向后拉同时吸入空气,这样会在他们的大脑中产生一股多巴胺,带来短暂的兴奋感。托比三年前来到这个保护区后,从来没有再被关进畜舍里,但他已经无法戒掉这一行为,毕竟在以前那些可怕的日子里,他是靠了这样的做法才走过来的。他以前的主人声称"爱"他,但这个人过着四处漂泊的生活,时不时就会离开他很长一段时间,托比不但被关进畜舍里,而且身边经常一点食物也没有。他忍饥挨饿,一整个冬天都站在齐膝的淤泥中。与加百列一样,他也会使意识逃离自己的身体。我第一次见到他的时候,就发现了这一点。他似乎根本没有看见我,他的眼神茫然地从我身上掠过,就好像我根本不在那里。咬秣槽上瘾,与任何成瘾行为一样,是一种自我治疗的方式。一匹面对恐惧却无处可逃的马,还能做些什么呢?

我为托比进行精神能量治疗时,首先着重于帮助他从过去的创伤中解脱出来,让他的意识能够重新回到身体中,开始享受现在的美好生活。他似乎很喜欢这样完全不带有侵略性的治疗。但是,当我刚说出"托比,你可以告别过去"的时候,他突然毫无预兆地(例如耳朵压向后面这样的预兆)低下头,在我肚子上狠狠咬了一口。后来经过仔细考虑,我明白了,托比还没有意识到,他已经可以走向新的生活,虽然我们现在自由自在地待在牧场里,完全没有什么限制他的活动。但在他的心里,他仍然待在那个小畜舍里,他已经被那么关了很多很多年。如果他以为自己仍然住在那个地方,那又怎么可能告别过去?如果要为他的精神状态贴个标签,我会称之为"创伤后应激障碍"。他无法停止不断去回味过去的痛苦。

那之后,我为他进行治疗的时候,一直保持着一段礼貌的距离,否则的话,就等于是再次把他挤进以前的小畜舍里。我的治疗工作是希望使他的能量场恢复平衡,这样也能够增强他整个身体系统的功能,使他天生的自我治愈能力开始起作用,我传递给他这样的信息:你很强大,你已经回家了,你是安全的,你可以敞开自己的心而不必担心自己的安全。

保护区的工作人员们议论着托比身上发生的变化。有一天,他们看见他卧在阳光下,享受午间小憩,以前从来没有人见过他这样做。他终于开始回家了吗?

在之后一次治疗中,我获得灵感,希望能通过其他活动来分散托比的注意力,让他忘掉咬秣槽的习惯。据说,马能看透人脑海中的景象。当时,马正在山顶的桉树林里,而托比和图利则在山下的围栏处,像往常一样咬秣槽。我想象着,我们一起散步走过去,托比和图利也加入了马群。于是我沿着山坡向上走了几步。过了一会儿,托比真的离开了围栏,图利也跟在后面,他们朝我走过来,我们开始沿着蜿蜒的小道向山上走

去。当他停下来时,我得到灵感,为他唱了一首歌。我脑海中浮现的歌曲是盖亚圈歌曲的一个变化形式:

艾塞丝、阿施塔特、戴安娜、赫卡特、
德米特、卡利、
依楠娜。

我是一匹强壮的马,
我是一匹传奇的马,
我是一位治疗者,
我的灵魂将会永生。

我唱歌的时候,托比走向我。然后,他开始吃草。于是我继续唱着。这样,我用歌声带他向山上走去,我自由唱出脑海中浮现的歌词,始终围绕着同样的曲调,蕴含着能够使他痊愈的信息。当我们接近山顶时,我说:"你带路,托比。"于是他走在前面,一路走进桉树林中,他在马群边上停了下来。我继续走向马群中间的树荫下面,托比朝我走过来,他完完整整地在这里,意识没有离开身体。我抚摸着他,做了一下精神能量治疗,同时告诉他,唯一可以使他感到安全的,只有他自己,但所有其他的马匹,还有保护区里的人们,都对他充满了爱,随时愿意帮助他。

做完这些事情后,我坐在一棵大树下,为整个马群唱起歌来。

就像每个女巫都有自己的灵物一样，猫咪Lorca是她给动物做精神治疗的帮手。

作者摄

我们是强壮的马,
我们是传奇的马,
我们是治疗者,
我们的灵魂将会永生。

艾塞丝、阿施塔特、戴安娜、赫卡特、
德米特、卡利、
侬楠娜。

我们是年迈的马,
我们是新生的马,
我们是同样的马,
我们的联系比以前更深切。

我继续唱下去,一遍又一遍,一句句歌词自动浮现在我的脑海中,向马群传达着坚定的信息。每一匹马,包括托比和图利,都垂下眼睑仿佛进入假寐状态,他们安详宁静地聚在一起,心满意足。

当我走下山坡时,托比和图利没有跟在我后面。直到我开车离开保护区时,他们仍然待在山上。看到这些曾经孤僻离群的马,终于愿意成为马群的一员,我心情激动无比。

两个星期后,马群又给了我另一份礼物,也就是另一次令人心醉的体验。我先为图利做了治疗,因为这一天她看起来似乎很需要治疗。当我转向托比时,他已经准备好接受我。

保护区里没有藩篱,仅有这扇门。
"它难道不是一扇无处不通的门吗?"

作者摄

我为他做了精神能量治疗,传达着同样的信息:你是安全的,你已经回家了,你很强大。

然后我开始唱歌。其他的马都走到我这里来,围成一个圆圈。马群里聪明的老马站在托比的旁边,鼻子埃着他的腹部,作为老马忠实伙伴的小母马,也把鼻子挨着朋友的腹部,另一匹母马填上了我和小母马之间的空隙,托比站在我旁边。图利和其他两匹马站在圆圈的外面,但也同样构成了圆圈的一部分。在这个长长的歌唱圈里,没有哪匹马半途离开,托比也仅仅咬了一两次秣槽,其实我们一直在围栏旁边唱歌,他愿意的话,可以随时咬秣槽。

我脑海中浮现的歌曲是一首马匹治疗歌。我试图告诉他们,基于他们所经历过的一切,他们都是治疗者,他们的故事有助于治疗其他的动物,我们都可以帮助对方痊愈,我们都在家里,我们是一体的,我们构成了一个圆圈,爱的圆圈。我为他们歌唱了很长一段时间,我们似乎一起进入了冥想的入神之境。我想象着,治愈的涟漪一圈圈从我们这里传达出去,如波浪一般涌向那些需要治愈的生命。

> 我们是强壮的大象,
> 我们是传奇的大象,
> 我们是治疗者,
> 我们的灵魂将会永生。

动物教我的事
/ 每一刻都是保护区 /

安杰利斯·阿连告诉我们,治疗者的心分为四个部分。仅仅拥有一颗开放的心灵是不够的。为了使身体、心灵和精神的各个领域都能够健康痊愈,治疗者的心必须同样是完整、清澈、强大的。

每次我和动物们打招呼时,都会觉得心情快乐振奋。能够与动物们心灵相通,我的心会欢乐地跳动起来。我觉得自己的心灵能够满足四个方面:开放、完整、清澈、强大。如果动物没有教会我如何在自己的心里创建一个保护区,这一切都不可能实现。拥有内心的保护区,我就能够通过心灵的视线来看这个世界,不是只在意人们公认的想法,而是引导我实现更加开放、强大、完整、清澈的自我。

拥有内心的保护区,在生活中的每一刻,我们都会感到安宁的归宿。拥有内心的保护区,我们无论来到什么地方,都能够建立起保护区。

动物使者们的教导,向我展现了保护区真正的意义:一个能够感觉安全的地方,一个可以完全做回自己自在生活的地方,一个独立却又充满帮助的地方,一个能够平静地生活和死去的地方,一个在心灵和精神层次上彼此密切联系的地方,一个对所有的生命都表现出爱、尊敬和重视的地方。

拥有开放、强大、完整、清澈的心灵,我们在生活中的每一刻都能够建立起保护区。我们走在欢迎的道路上，迎接生活中的每一刻，使保护区的范围扩展到我们所遇到的每一个生命，即使只是偶遇的过客，也可以为他们提供一个平静安详的地方小憩。

你可能会认为，要把爱带到每一天走过的每一刻，这样的生活是令人疲惫的，但实际上这反而会令人充满活力。真正让人疲惫的，是努力去忽略世界的痛苦，切断我们与大自然之间天然的联系。如果我们心中充满爱来面对世界——有时候，无声的沟通关怀只需要一秒钟——当一天结束回到家时，我们会感觉自己更强大，因为这些爱的时刻使我们了解到，所有的生命都是连接为一体的。

在欢迎的道路上，完整、开放、清澈、强大的心灵传达出无条件的爱，为我们周围所有相联系的生命带来爱和尊重。传统的拉科塔苏族的祈祷，会以"密塔库耶欧亚辛"（Mitakuye Oyasin）这样的话开始，翻译过来就是"所有与我相连的"或"所有与我联系的"或"我们都是彼此相关的"，这是对自然世界中所有元素都是彼此连接的承认，每一棵树、每一块岩石、每一株植物、每一种动物、每一个人，还有昆虫、鸟、蛙、蛇等等，都是与我们相联系的。

在神圣的仪式中，滚烫的石头传递到每个汗水小屋时，守火者都会说"密塔库耶欧亚辛"，这是表示对石头灵魂的认可。在小屋中进行的祈祷通常会以这句话开始和结束，尊重所有与我们相关联的事物，尊重世间万物的一体性。有些人会把这句话用作信件和电子邮件的结束语。当某一时刻的到来令我心怀感激时,我也会说出这句话,因为当我欢迎那一刻的来临时,会感觉自己与世间万物浑然一体。"哦,密塔库耶欧亚辛。"我说,以感谢我身边美丽的世界,以及与动物使者们一起度过的快乐生活。

感谢所有与我相联系的生命。

你可以通过12件事情来帮助动物使者们

1. 想一想在你的生活中,你和动物之间的关系。问问自己,你对于每一只动物,是强加控制还是尊重认同。再想想你生活中的每一个人、大自然,还有你自己,回答同样的问题。你是否尊重认同所有的生命?

2. 了解地球的环境状况和动物物种的困境。

3. 从实际上减少伤害。只吃位于食物链底端的食物。如果你想要吃动物产品,可能的话,请考虑只食用自由放养、有机成长的动物和鸟类的肉、蛋、乳制品(不使用生长激素提高牛奶产量,也不持续使用抗生素),并彻底拒绝小牛肉、酱鹅肝以及工厂养殖的猪肉(生产这些食品时,对待牛犊、鹅、猪的做法尤其残忍可怕)。

4. 节约资源:减少、回收、再利用。避免购买过度包装产品。节省水电,离开房间时请记得关灯,刷牙的时候、洗手抹肥皂的时候、淋浴涂洗发水的时候,请关闭水龙头。购买省油的汽车,合伙用车,尽可能乘坐公共交通、骑自行车或者步行。

5. 支持保护自然和动物权益的环境事业和组织。

6. 使用无毒的家庭和园艺产品。使用天然的洗发水、肥皂,以及其他身体产品。你在房子或花园里使用的所有农药和化学品,最终都会排入地下水。

7. 支持不进行动物试验的公司,拒绝购买不满足这一条件的公司生产的任何产品。

8. 每一天都在大自然中度过一段时间,即使只是闻闻一朵花的香气,或者停下来欣赏城市街道旁边的一棵树。感谢你周围的自然世界为你提供的一切。

9. 向你每一天遇到的人们表达谢意。对于商店或其他机构中为你服务的人,不要视若无睹。面带微笑说一声谢谢你,让他们知道,你看到了他们的努力,感谢他们的工作。

10. 世界上每一种生命,自然的每一个角落,都是你的邻居。对你的邻居和你自己,始终抱有爱。

11. 想一想你能为世界作出什么贡献,问问自己还可以做哪些事情,使世界变得更美好。

12. 时刻牢记,你自己也是一名信使,无论你身在何处,无论你正在做什么事,都能够创立起你的保护区。

致 谢

最深的谢意致以：

所有曾给我的生活带来过光明的动物们，我永远感谢你们。

所有曾慷慨帮助过我的和保护区的善良的人们，我和动物们感谢你们。

Wed Wheel/Weiser/Conari/Hampoton Roads 的每一位，感谢你们对本书付出的每一分心力。

尤其感谢 Greg Brandenburgh 和 Caroline Pincus，正是因为你们的眼光，本书才得以来到大家面前。感谢 Jim Warner 设计的漂亮封面，每次看到，我都禁不住莞尔。

我亲爱的朋友、家人，以及所有给予我指引的力量，为你们对我的真诚和祝福。

图书在版编目（CIP）数据

动物教给我的爱和疗愈的事/(美)玛隆著；于娟娟译. —北京：华夏出版社，2013.1

书名原文：What the Animals Taught Me: Stories of Love and Healing from a Farm Animal Sanctuary

ISBN 978-7-5080-7173-2

Ⅰ.①动… Ⅱ.①玛… ②于… Ⅲ.①故事－作品集－美国－现代 Ⅳ.①I712.45

中国版本图书馆CIP数据核字(2012)第224567号

Copyright©2011 by Stephanie Marohn
Published by arrangement with Hampton Roads through Andrew Nurnberg Associates International Limited

北京市版权局著作权合同登记号：图字：01-2011-6281

动物教给我的爱和疗愈的事

作　　者	[美]斯蒂芬妮·玛隆
译　　者	于娟娟
责任编辑	马涛红
出版发行	华夏出版社
经　　销	新华书店
印　　刷	北京市建筑工业印刷厂南厂
装　　订	三河市杨庄双欣装订厂
版　　次	2013年1月北京第1版 2013年1月北京第1次印刷
开　　本	880×1230　1/32
印　　张	7
字　　数	140千字
定　　价	29.80元

华夏出版社　地址：北京市东直门外香河园北里4号　　邮编：100028
　　　　　　　　网址：http://www.hxph.com.cn　电话：(010) 64663331（转）
若发现本版图书有印装质量问题，请与我社营销中心联系调换。